麦田
阳光

美 丽 乡 村 助 读 书 系
乡村助读，让中国的乡村
从风景到精神愈加美丽。

U0831434

麦田阳光

美丽乡村助读书系

乡村助读，让中国的乡村从风景到精神愈加美丽。

那年春节没回家

NANIAN CHUNJIE MEI HUIJIA

高洪波 顾问 陈彦玲 主编

孙卫卫 著

山西出版传媒集团 山西教育出版社

图书在版编目（CIP）数据

那年春节没回家 / 孙卫卫著. — 太原 : 山西教育出版社，2023.8

ISBN 978-7-5703-3550-3

Ⅰ. ①那… Ⅱ. ①孙… Ⅲ. ①散文集—中国—当代 Ⅳ. ①I267

中国国家版本馆 CIP 数据核字（2023）第 156775 号

那年春节没回家

NANIAN CHUNJIE MEI HUIJIA

选题策划 李梦燕
责任编辑 张荣荣
复　　审 陈旭伟
终　　审 李梦燕
装帧设计 王春声　薛　菲
印装监制 蔡　洁

出版发行 山西出版传媒集团・山西教育出版社
（太原市水西门街馒头巷 7 号　电话：0351-4729801　邮编：030002）
印　　装 山西基因包装印刷科技股份有限公司

开　　本 890 mm×1240 mm　1/32
印　　张 5.5
字　　数 84 千字
版　　次 2023 年 8 月第 1 版　2023 年 8 月山西第 1 次印刷
书　　号 ISBN　978-7-5703-3550-3
定　　价 32.00 元

根植乡野，眺望远方（代序）

李东华

把“美丽乡村助读书系”做成精品，为新时代新乡村新少年的成长助力，这个美好心愿，把出版者、策划人、作家、编辑聚集在一起，大家郑重其事地播下种子，然后怀着庄重而又快乐的心情，等待所有努力慢慢发芽。

我曾经有幸数次参加“我的书屋我的梦”乡村少年儿童阅读实践活动征文的评审工作，印象最深的就是2019年。面对从海量征文中初选出的近千篇作品，我油然而生一种“一夜好风吹，新花一万枝”的惊艳感。按照评委会要求，终评委们需要优中选优，再从中挑出几十篇最终获奖文章，这可让我犯了选择困难症，因为每一篇都像枝头迎着东风初绽的花朵，各有各的姿态，各有各的鲜妍，共同构成了蓬勃的春天，哪一朵都可爱得叫人不忍心舍弃。

但我想，我的这种“纠结”是一种喜滋滋的纠结——让人一下子就能感觉到，无论大江南北，全国各地乡村的孩子们，并不是仅仅某一地因为水土适宜而长势良好，而是齐刷刷地在拔节成长。这算是从空间这个维度的横向比较。再沿着时间轴纵向来看，我们可以清晰地感受到这几年的征文质量一年比一年高。从这些或长或短的文章中可以看出，孩子们的阅读内容越来越丰富了，小说、童话、诗歌，科幻、军事、历史、天文、地理……不同体裁不同领域，不论古今中外，凡属人类留下的智慧结晶，都在他们尚属稚嫩却又充满好奇的目光之内，都留下了他们求知和探索的小小脚印。

我想，也正是因为阅读的广博，让他们不管是生长于哪片偏僻的乡野，都能够从浩瀚的书海中汲取无穷无尽的滋养，获得世界性的视野。你能够从字里行间捕捉到一种“初生牛犊不怕虎”的淋漓元气，一种与周围世界、与他人、与自我对话时落落大方的自信表情，一种对祖国、对人类、对万事万物的真挚的爱。而这一切的呈现，又依赖于他们对于语言文字的日渐流畅的、自如的运用。

俗话说“熟读唐诗三百首，不会写诗也会吟”，阅读对于一个人写作能力的提升，是这些征文给予我的第一个鲜明印象。

那些已初步呈现出汉语言之美的遣词造句，那些灵动的、智慧的表达，那些对于生活细节的敏锐、精准的描摹，那些既充满孩子气又闪耀着思想光芒的惊人之语，都无不让人生发“后生可畏”的赞叹。

所以说，尽管摆在眼前的是一篇篇无言的征文，却分明让人看到了征文背后所站立的那一个个活泼的、天真烂漫的孩子，看到了新时代乡村少年儿童因阅读的积累而敢于讲述的不一样的“中国故事”。

对于孩子和国家、民族的关系，已经有很多精辟的认识和论述，“孩子是祖国的花朵”“孩子是民族的未来”“少年强则中国强”。然而，如果希望孩子们能撑起国家的明天，他们首先要撑起自己的明天，而阅读则是他们撬动未来命运的支点。“忠厚传家久，诗书继世长”，这是在中国乡间最常见的对联，一代又一代的人将它贴在大门上，可见在我们民族的潜意识中，书籍和人品是支撑一个国、一个家千秋万代延续下去的两根最坚实的立柱。将这样的对联贴在家门上，贴在最显眼的地方，就是在每时每刻提醒每一个人。我想这是一个有着五千年璀璨文明的民族最具智慧的共识。而要把这一共识真正落到实处，最需要着力的地方就是乡村了。

相比于有父母督促而阅读环境更优越的城市孩子来说，乡村孩子的阅读可能更需要政府、社会的引领，尤其是父母不在身边的留守儿童，阅读既是他们获取知识的有效途径，更是滋养他们心灵的精神引领。

我常常想，一个人需要有自己的书柜，一个家庭需要有自己的书房，一个城市需要有自己的公共图书馆，那么一个乡村，当然更需要有自己的书屋。

阅读“‘阳光麦田’美丽乡村助读书系”这套小书，对孩子们来说，能够得到的是思想和精神上潜移默化的熏陶和滋养。而持续地写作、出版一些适合乡村孩子阅读的好书，让这些书在助力乡村少年儿童阅读方面发挥作用，无疑是功在当代、利在千秋的事业——我们不妨来个小小的假设，全国有六十多万个乡村，假设每个乡村书屋中的书籍，都能够像投入湖心的石子，哪怕只在十个孩子的心中荡起涟漪，全国也会有六百多万个乡村孩子从阅读中受益。

美丽乡村既要实现生态意义上的“绿水青山”，也要构建精神层面的“绿水青山”，从这个意义上讲，用优质图书和阅读协助、帮助、辅助乡村阅读，繁荣乡村文化，是建设美丽乡村的有效路径。

面对这些适合乡村少年儿童阅读的文字，我似乎可以看到，未来的他们，因今天的阅读引领而描绘出自己的梦和憧憬。

这些梦，将根植于他们生活的山乡旷野，更将呼应着远方的星辰大海。

目录

我与书

题记

每个人都在书写自己的历史，也可以说在写他自己这本书。这本书不会以出版物的形式呈现，但是，它是存在的。

我们每天都在书写自己这本书。后人在看着我们书写。

最早读的书

我小时候，家里没钱，但还是会拿一点钱为我买书。在大人眼里，买书比买玩具更实惠。

当时乡上供销社有卖书的柜台，妈妈带我买过《看图识字》，买过《动脑筋爷爷》。买《动脑筋爷爷》时，我上学前班，以我认字的程度，是看不懂这本书的，妈妈给我买，是想让我快快长大，这就好比过年她给我们做新衣服，总是希望尺寸大一些，来年能继续穿。

我有时会和伙伴拿着积攒的钱去供销社买连环画。《铁道游击队》有10册，供销社的不全，有哪本就买哪本。《三国演义》册数更多，更不能买全，多数是从同学那里借的，有哪本就看哪本。

杂志也是，那时在同学中流传广泛的是《陕西少年》，32开，每月一期，每期48页。杂志像是小小百科全书，我们都喜欢看。书的主人是我的一个同学，他并不是原主，是他爸爸从所工作的学校带回来给他看，他不爱看，拿到班上给同学看，同学央求着从他那里借，他似乎就得到了满足。

在同学中流传的，还有各类作文杂志。我们都称它们为书。

镇上的书店

镇上距离我们家有十多里，逢农历三、六、九有集，妈妈和小姨赶集是卖刺绣品，有时会带上我。

我最喜欢的地方是镇上的书店，门口挂有新华书店的牌子。书都摆在柜台后面的架子上，你要哪本，要跟营业员说。只有一个营业员，女的，年龄和我妈妈差不多。从来没有看见过她笑，好像很不情愿干这份工作。我让她取《中国民间故事选——历代英雄人物传说》，她可能觉得我不会买，说："很贵的。"我说："我买！"她板着脸，把书丢到柜台上，说："快看。"我看定价要两块多钱，可以订一年《陕西少年》，但为了赌气，犹豫了一小下，还是买了。这本书一直没有读完。

后来，在新华书店不远处，开了一家书刊店。夫妻两人营业，遇到顾客多时，孩子一起帮忙。书店很小，逢集和星期天，更是人挨人。虽然，买哪本书还需要卖书人给取，但他们的态度比新华书店的友好多了，男主人有时会取几种，让你选择，人不多时，还帮你参谋哪本书更好，好在哪里。

等大一些，到镇上书店，有时是和班上同学结伴而行。一路说说笑笑，步行也不觉得累。买书的钱本来就不多，不舍得在镇上的小吃摊买好吃的，上午去，中午回。

订阅的第一份杂志

《陕西少年》后改名为《少年月刊》。以前，我都是从同学那里借阅，有时正看在兴头儿上，同学要，只好还给人家。我后来订了一份。邮递员一开始送到爸爸所在的工厂，我转学后，自己去邮局取。

如果拿到，会觉得那一天格外晴朗，即使是阴天、雨天。飞快地骑自行车回家。到家后，先看杂志，大人叫吃饭，嘴上应答着，手里却不愿意将杂志放下。匆匆吃完饭，继续看，连补白和广告都不放过。不舍得在杂志上做任何记号，对写作文有帮助的字词和句子，就一笔一画摘抄在一个本子上。只有从头到尾一字不漏看完，才觉得钱没有白花。

一本刊物看完了，给它登记造册，按期号整整齐齐竖在书柜的醒目处。刊物越来越多，但某一期在哪里，有什么文章，记得清清楚楚。

小记者函授中心

《少年月刊》举办“学生写作与小记者培训函授中心”，我没有参加，我是杂志的刊外小发行员，订阅了函授中心的教材《小记者报》。这是一本教小读者如何采访、如何写作文的刊物，同时登载名家讲述自己少年时代和写作有关的故事。时任《中国青年报》记者的张文彦连续发表的《我的记者梦》触发了我的小记者梦、小作家梦，心想他能行，我一定也行。《小记者报》某一期封底刊登了函授班举办以来表现突出的同学名单，编者鼓励更多的小作者：“同学们，只要大家方向正确，坚持不懈地努力下去，就一定能取得优异成绩。其中许多人会成为著名作家、记者、编辑或其他人才。”我把那些人树立为学习的榜样。本想参加第二期函授，不料办了一期就停了。最后一期《小记者报》在《奋飞吧，雏鹰》一文中写道：“10年、20年以后，你们中的许多人已经成了大作家、大记者、大学教授、各类技术专家、各类领导干部，成为国家的栋梁，那时候，《少年月刊》仍然是‘少年’，请你们不要忘记它。”

帮助我走上写作道路的，不是大部头名著，正是这一本本看似小小的刊物，它们好像一扇扇窗户，让我看到了外面的世界。它们又好像是高高的台阶，让我站在上面，看到了更远的未来。

购书卡比银行卡多

参加工作后，周末常去的地方是大小书店，早早从住的地方出发，晚上大包小包拎回来，真像是贩书人。我那时特别想写一篇文章，第一句都想好了，那就是："不要告诉我，你只有银行卡、购物卡，而没有购书卡。"全北京有名气书店的购书卡，我都有，而银行卡，只有一两张。

将近10年，上下班坐地铁必经西单，我经常下班后去北京图书大厦。秦腔《虎口缘》有句唱词："随父母进香到此地，从早直到日偏西。"我是"直到天变黑"。好多次，大厦广播里响起萨克斯《回家》的乐曲，传来"读者朋友们，今天北京图书大厦营业时间马上就要结束"的声音，才想起还没有吃晚饭。

在北京图书大厦，一个女孩对我说："你经常买书吧？你知道许知远开的书店在哪里吗？”我说：“好像叫单向街书店吧，我没有去过。”我向她推荐了三联书店，我说三联书店的风格应该和单向街书店差不多，去三联书店时，还可以顺道看一下王府井书店。

我看书时，全身心投入，经常达到忘我的境界，估计被那个女孩看出来了。

书店有偶遇。在北京图书大厦儿童文学专区，我看到一个人像儿童文学评论家朱自强老师，走过去一看，真是朱老师。我和他打招呼，好像还在书店附近一起吃了饭。在三联书店，我看到影视演员廖凡在排队交款。我还看到三联书店原总经理、《读书》杂志原主编沈昌文先生背一个大旅行包，从书店往外走。

有几年，我用得最多的是新华书店总店图书批销中心的购书卡，可以按批发价购书。每次去，我都会买很多书，真跟批发一样。后来，网上书店盛行，这个卡就没什么用了。

网上淘书

这几年，经常在网上淘旧书。网上淘书的好处是，只要有一点信息，大多时候都能找到，还可以货比三家。

我淘到了上小学时曾买过的一本书——《小学生优秀日记选》，陕西人民出版社1981年9月第1版。这本书是当年暑假在西安纺织城新华书店买的，中午从老家到西安，下午迫不及待去书店。当时我最羡慕的是日记里写到的城市生活，比如龙头一开，水就来了，而我们需要到很远的地方去拉水。我没有参加过夏令营，没有看过篝火晚会，很少坐公共汽车……

《古诗名篇选析》，未来出版社1985年3月出版。曾在镇上书刊店买过，不知道后来是借给谁还是被谁拿走。我早年的好多书，就是这样下落不明的。这本书，至少有30年没再见过。但是，看到封面，好像旧友重逢，还是能想起以前的很多事。

《作家评小学生佳作》，中国文联出版公司1984年12月第1版，第一次印刷27.5万册，定价0.31元。这是我小学看过的书，对其中的两篇作文，印象尤为深刻。一篇是山东杨菁的《盼》，另一篇是湖南黄铁的《燕子又回来啦》。作家刘振华点评的文章题目《燕子也知人间事》一直记得。本书点评的作家还有：梅汝恺、苏叶、程玮、王建一、顾骏翘、凤章、姜琍敏、邵平、颜煦之、刘健屏、邓海南等。这本书由《春笋报》编辑部编辑，江苏省作协副主席海笑审稿。

买到了不少当年我看过的《少年月刊》和《陕西少年》，包括我从来没有见过的《陕西少年》创刊号。

书要流动起来

爱书的人都想把好书据为己有，其实，很难做到。首先，家里地方不够，即使屋子比一般人家的大，总有极限。其次，买书的费用，吃不消。再次，没有时间把所有的好书都看完。所以，有的书得不到，或者放弃买，没有什么可心疼的。关键是把买的书，或看，或查，利用起来，不要成为摆设。

余秋雨写过一篇关于整理书的文章，大概内容是，有的书好多年都没有翻过，估计此生不会再看，整理书的时候，他就剔除出来，不再保存。

书要流动起来，别人的流到我这里，我的流到别人那里，跟水一样，流起来，就活了。我的好友安武林老嘲笑我，他说：“你的先流动到我这里吧。”我给他流动过去不少，但是，他池子里的水多，最后还是流到我这里的更多。

我理想中的书房：书柜不要多，六七个足矣。柜子中的书摆一排，一目了然，存取方便。长期不看或者价值不大的书，及时淘汰。书房是为自己的写作服务，不是给别人看的。

我正在朝着这个目标去努力。

再访小镇书刊店

2020年10月，回老家，又一次去了我小时候经常去的镇上书刊店。

已经有20多年没进这个书店了。

魏叔叔的店是1983年开的。当年我在他的书店买了不少书，可以说，书店是我的另一所学校。他的两个孩子从小受书的熏陶，后来考上不错的大学，现在都有很好的工作。书店也培养了他们。我跟魏叔叔说：“当年您门口曾挂过一个小广告牌，写着新到的某本课外读物，是咱们县一位作者写的，对我鼓励很大。在这之前，在我心里，写书的人距离我们都很远，没想到身边就有这样的人。”

一个初中生模样的女孩正在店里买书，她听到了我和魏叔叔的聊天。我们的对话，应该会留存在她的记忆里。

认真写书

同样的问题，如果老师是一个观点，书上是一个观点，我肯定信书上的。我和同学打赌，结果我输了，我没想到书上印错了。我承认我有“尽信书”的毛病，特别是小时候。

现在还有不少和我当年一样的孩子，他们对书的信任远远超过对老师的信任，所以，给他们写作更要慎之又慎，不能以讹传讹。每当发现印出来的书有明显差错，我的心好像被掏空一样，几天都提不起精神。

曹文轩老师曾在《小说门》的后记中写道：“我不知道这本书究竟有多大的意思。我甚至怀疑我的全部写作：有意思吗？有时去书店逛一逛，看到满坑满谷的书，这一怀疑竟变得越发地宽泛、深刻起来：这世上需要再多你这一本书吗？但我不知道我还能干些什么。我除了写书，又能干什么？我必须写书，理由没有别的：你只能写书，你只有写书。”

我也有过这样的疑问。写书的确是我的爱好，但不能用爱好去打发读者，而必须用极其认真负责的态度写好每一个字、每一个句子、每一篇文章、每一本书。

看到现在近视的孩子越来越多，我对自己说，要写，就要争取一流，不能一般化。一般化，不如不写。如果孩子看了我们写的质量不高的作品，到头来，身心不但没有得到明显长进，眼睛还给看坏了，我们对得起孩子吗？

为什么要读书

刚参加工作，有一年夏天从外地回京，和一位语文杂志的主编同乘飞机，我们聊了很长时间，她问我：“你父母是老师吧？”我说：“是农民。”那一刻，我想到的是我读过的书，它们已经深深融入了我的身体里。

物质食粮把我养大，精神食粮让我成为一个真正的人。我有时想：人为什么要读书？读书的目的是什么？我觉得首先应该是提升自己，做一个有修养的人。然后去影响别人，影响得越多越好，大家都为创造一个和谐的社会而努力。如果读书反而使一个人变坏，而且这些坏是从书上学的，那不如不读。

我希望更多的人都喜欢书，都去读书。不一定读很多，一辈子精读几本就够了，最重要的是从书中明理。有时候，我看到一个人关门的时候，不是轻轻的，而是重重的，我就觉得他不是一个知书达理的人。我的小区有一个自动门，我每次都轻轻地把它扣上，但是，很多人推开门后，任凭它很响地撞上，每次听到那个声音，我都心疼。我看到有人开着豪车，却向窗外丢烟头、废纸，就觉得他可能没有好好读书。

人生是一本书

每个人都在书写自己的历史，也可以说在写他自己这本书。这本书不会以出版物的形式呈现，但是，它是存在的。

当我们老了的时候，我们当然希望这本书厚重、大气，会被越来越多的人提起、翻看。不希望这本书被放在角落沾满灰尘，或者外面看着光鲜，里面真正给人启迪的东西不多。我们当然不希望人家看完后说，什么书，全是“假大空”。还是希望有一些实实在在的、真实的、有意义的东西在其中，哪怕薄一些。

我们每天都在书写自己这本书。后人在看着我们书写。

2023年3月4日

刊物的影响

题记

我能走上写作道路，不是名著、大部头的熏陶，而是一本本刊物的影响。之所以身边刊物多于书，我分析：一是刊物比书便宜，同样的价钱，可以订很多刊物；二是容量小，很快就能看完，然后再传给下一个人，效率高。

前些天在孔夫子旧书网上买到了1983年的《陕西少年》合订本。12本一页页翻过，1983年第6期有久别重逢的感觉，至少两处勾起了我的回忆：一是《张海迪之歌》的图和文，我当年是在外婆的卧室看的；二是封三的编辑剪影，陈如意编辑说：“我捧的这一摞稿件中，一定有你的！”我后来投稿，经常会想起这句话。

那时我还没有订《陕西少年》，都是从高年级同学手里传着看的，主人是谁，并不知晓。今天看的是《陕西少年》，明天看的可能是另一本杂志，一期和一期也连不上。

《陕西少年》1985年更名为《少年月刊》，我开始订阅。第二年，杂志招聘刊外发行员，我写信应聘，居然成了。在班主任兼语文老师的帮助下，班上不少同学都订了这个杂志，我也被评为优秀刊外发行员。名字印在杂志上，虽然不是文章发表，对我来说，也是无上光荣的事。

《作文》是河南的一份杂志，每期封二都登有“作家寄语”，给我印象深刻的是儿童文学作家任大星先生的话。不夸张地说，他的话一直指导着我的写作，我可以背诵下来。

文章大都是写给别人看的。如果你的文章写的尽是一些别人想得到、说得出的东西，谁还会对你的文章产生非看不可的兴趣呢？所以，小学生们写作文，也应该懂得：要尽最大努力去写自己的切身感受、体会和见地。

书此与《作文》的小读者们共勉。

任大星

1985年1月16日

这本杂志也是别人的，到我手里，封面都快掉了。还好没完全掉，要不我就看不到这段话了。2013年，我给任大星先生发邮件，表达敬意。

我看到的第一本《儿童文学》杂志是1985年第4期，是当年暑假在西安的一个报刊门市部买的。这期杂志登有田晓菲的诗。诗的内容随着时间的流逝渐渐模糊，但她的名字一直印在我的脑海里，她只比我大几岁，却发表了那么多作品。

我能走上写作道路，不是名著、大部头的熏陶，而是一本本刊物的影响。之所以身边刊物多于书，我分析：一是刊物比书便宜，同样的价钱，可以订很多刊物；二是容量小，很快就能看完，然后再传给下一个人，效率高。

可惜，当时并没有看到《东方少年》杂志，否则，我今天就会写一篇“《我和〈东方少年〉》”的故事了。

2018年11月19日

二曲书店

题记

当年的一个中学生，因为一直在二曲书店买书，二曲书店的书培养了他，开阔了他的视野，使他从县城走向远方，同时，成为一个写作者，也写出了书，书店的作用非同一般。感谢杜叔叔！

接到一个陌生手机号打来的电话，我问："哪位？"确认是我后，他说他是老家二曲书店的杜亮。我说："杜叔叔好！好久没联系了。"

上初中时，我买书主要是在镇上的书店，偶尔也去县城的书店。县城书店多，二曲书店最有影响，店面大，书的种类多。

高中是在县城上的，到二曲书店更方便，我每周至少去一次。那时还没有施行双休日，一般周六中午在学校吃完饭后骑车过去。书店在老城的一条街道上，门口摆满了自行车，要找空隙插进去很难，只好停在远处。店里人更多，须挤着才能到柜台前。杜叔叔一个人忙不过来，阿姨和孩子也会搭把手，或者轮换着让他吃口饭。

从二曲书店买完书，我再骑车回家。买的书，特别是杂志，也给弟弟妹妹看，有的就是专门给他们买的，他们都很喜欢。比如，《中学生文摘》杂志，我弟弟现在还记得里面的一些内容。我们在乡下，这些书刊，对我们来说就是外面的世界。

周日下午返校路过书店，我也经常去买书。人不多，可以从容一些，杜叔叔总是热情推荐多种书供我选择。其他时间偶尔也去，先是在书店买书，然后到附近的小饭馆要一碗扯面，边吃饭边看书。这样的机会屈指可数，那时，去小饭馆吃扯面对一个学生来说是很奢侈的事，有高兴的事才会去。

我除了买学习辅导材料，更多的是买文学期刊和作文期刊，《少年文艺》《儿童文学》《中国校园文学》《全国中学优秀作文选》

《少男少女》，差不多每期都买。《大众电影》《电影故事》等杂志，也在杜叔叔那里买了不少。当年想了解电影明星、看电影剧情介绍，似乎只有看杂志这样一条渠道。因为我每次都不会空手而归，他对我有了更深的印象，时不时跟我聊几句，问问我的学习情况，告诉我最近又有什么好书。

继二曲书店后，县城又开办了多家民营书店，但是，他家的生意一直是最好的，也是我们买书的首选书店，这和他对书的全面了解和热情服务不无关系。

高中三年，在他那里买了多少学习资料和课外书，我没有统计过，应该不少。至今在我的书柜里，还有当年在二曲书店买的书和杂志，翻一翻，好像回到了从前。

参加工作后，有一年春节，趁着回老家过年的机会我又去了一趟二曲书店。杜叔叔在，书店还不是开架销售，他让我进到柜台里面看，我说不用不用。我请他帮我取《语文报》的寒假合订本，我给他钱，他说："你拿去看吧。"我还是把钱给了他。在回西安的中巴车上，我和坐在我身边的一个中学生聊天，他是邻县的，居然知道我的名字，我一高兴，把报纸送给了他。

杜叔叔这次打电话，说是买了我的一本书，书里提到了他，想寄来让我签名。我说："不用寄了，我这里还有样书，我签好寄给您。"

我在书的扉页写道：

"当年的一个中学生，因为一直在二曲书店买书，二曲书店的书培养了他，开阔了他的视野，使他从县城走向远方，同时，成为一个写作者，也写出了书，书店的作用非同一般。感谢杜叔叔！"

杜叔叔说，二曲书店还在办着，现在主要由他的孩子经营。我和他约定，下次回老家，一定再去书店看看。估计早已是开架售书。但我还是很怀念当年的情景：我站在柜台外面，小心翼翼，让杜叔叔给我取我想要的书，杜叔叔拿过来好几种，热情地向我介绍。

2019 年 4 月 19 日

文学笔会

题 记

文学笔会和采访的时间，是2001年4月22日到5月2日，正是江南草长莺飞之际，我的儿童文学梦想也像江南的春草一样在疯长。我感觉自己距离儿童文学又近了一步。特别是看到那些名作家以及他们出的书，给我增添了巨大的力量。

那时候，文学笔会很多，作家们正参加着这个笔会，那个笔会的邀请函就来了。有时这个笔会还在举办就直奔下个笔会。这个笔会和那个笔会撞车，也是常有的事。

笔会邀请的都是有名气的作家。我只是儿童文学爱好者，没有单位邀请我，我也不好跟人家说，“让我参加吧，我将来可以给你们写有影响力的作品”。将来是什么样？人家不知道，好像也没有兴趣知道。

有一天，上海《少年文艺》杂志李学斌编辑打来电话，他说：“我们要在浙江溪口举办笔会，特请你参加，是梅老师推荐的。”

“梅老师?”

“对，梅老师。梅老师跟我们主编说，一定要让孙卫卫来，他的路费不好报销，《少年文艺》出一半，我出一半。”

梅老师是著名儿童文学作家、上海师范大学教授梅子涵先生。李学斌是梅老师的研究生。一年前，我和梅老师认识。

真有人邀请，我却犹豫要不要去：编辑部虽然报销差旅费，但毕竟出远门，多少得带些钱，而我的两张银行卡上只有不到四千元，要吃饭，要租房，要生活。但是，想起梅老师的斩钉截铁，最后还是下定决心，去，一定去。

北京到上海的火车票，居然卖光了。北京到南京，还有一张，赶紧买下，先到南京，再从南京到上海。

到《少年文艺》编辑部已近晚上6点，任哥舒主编、徐东达副主编、李学斌编辑还在办公室。

参加笔会的都是《少年文艺》的优秀作者，有大胡子董宏猷老师，写报告文学的孙宏艳，青春女作家伍美珍、饶雪漫。郁雨君从《少女》杂志调到了《少年文艺》，她穿着大花裙子，我说和我的被面是一个颜色。骗骗她的，我没有那么鲜艳的被面。冯宗兰，一个年轻的母亲，是四川当地一家报社记者，很多期《少年文艺》的封面照片都是她拍的。

我的同屋是曾在长沙《小溪流》杂志工作，现在是自由撰稿人的李治中先生。我竟然不知道他出了多本书。

第二天一早，从上海乘大巴去溪口。梅老师来了，他是这次“溪口之春”——《少年文艺》编辑创作研讨会的主要嘉宾。上车后，他送我新近出版的《梅子涵儿童文学论集》。

勒口的作者介绍是典型的梅氏风格的语言：

是一个感情丰富的人，是一个正直勇为的人，是一个明亮豁达的人，是一个看似严肃实则幽默的人，是一个追求品牌和完美的人，是一个热爱整洁和秩序的人，是一个从不过河就拆桥的人，是一个有着很多缺点的人……是一个很感性的人，其实也是一个很理性的人。

到溪口的当天下午，召开研讨会。梅老师的发言，像是演讲，神采飞扬。会后，我说："梅老师，我还没听过您这么长时间的讲话呢，去年的全国儿童文学创作会上您的发言，时间太短，听了不过瘾。"他说："那个会限制时间。"伍美珍说："梅老师，我要报考您的研究生。"

出来一趟不容易，除了儿童文学爱好者的身份，我的另一身份是报纸记者。我给自己安排了多个采访任务。晚上，在溪口住的地方，我采访了任哥舒老师，他讲了他和《少年文艺》的故事。他父亲任大霖先生曾任少年儿童出版社总编辑，兼任《少年文艺》《儿童文学选刊》《巨人》等杂志的主编。可惜1995年因病逝世。

溪口笔会结束后，我们回到上海，我和大胡子董宏猷老师住一个房间。和他交谈，也是采访。我以为他只有三四十岁，他笑着说："我51了，我和张之路他们是一代。"什么叫永远年轻？他这才叫永远年轻。我说早知聊得这么投机，我不去外滩了。

上海市延安西路1538号是少年儿童出版社的旧址，这个门牌号随着从小看过的《故事大王》《少年文艺》等刊物早已印在脑海里。在出版社，见到了唐兵编辑、谢倩霓师姐、彭懿老师。彭老师说，梅子涵跟他说孙卫卫很好。还见到了秦文君老师，我说我是新闻出版报孙卫卫，她说知道，大学就联系过。我上大三时给她写信想买刚刚出版的《女生贾梅》，把钱夹在信里，她签名赠书，把钱退给了我。

采访少儿社周舜培社长，非常顺利。央视《东方之子》多年前曾采访过她。在她的办公室我看到了新近出版的《中国新闻出版报》，上面有我两篇文章。

离开上海前，梅老师请我和另一家报纸的记者李海霞在汇港吃饭。我很正式地说:“梅老师，今年9月我要读您的研究生。”

从上海到苏州，坐火车只需7元。

和苏州大学出版社的领导、编辑吃饭，我的第一本书，他们正在编辑。古吴轩出版社的周晨，担任装帧设计。他设计的《忆江南丛书》，我特别喜欢，没想到他这么年轻，我称他周晨兄。

从苏州坐大巴到南京。我曾在南京上大学，视南京为第二故乡，对这里的出版人更熟悉。

到江苏文艺出版社采访刘健屏社长。采访结束，他问我想要什么书，我说秦文君的《一个女孩的心灵史》、郁秀的《太阳鸟》。他拿给了我。

到少儿社看望祁智、章文焙、沈飚、章红等老师。

到江苏教育出版社见姚卫伟老师。别人称赞我们：名师出高徒。他说名师称不上，高徒可以叫的。我说哪里哪里。姚老师确实给了我很多帮助，我们已有7年交情。

还去了浦口校区。我们当年栽的小树已长大。我抱着其中一棵，让同学给我拍照，我慨叹岁月的流逝。

到南京，书店是必须去的。逛先锋书店、南大书店、长三角文化大市场。从上海到苏州，到南京，我买的书、别人送的书有40本之多，除了个别邮寄，还有30多本，一路提着，确实累人。

文学笔会和采访的时间，是2001年4月22日到5月2日，正是江南草长莺飞之际，我的儿童文学梦想也像江南的春草一样在疯长。我感觉自己距离儿童文学又近了一步。特别是看到那些名作家以及他们出的书，给我增添了巨大的力量。

想跟梅老师读研究生的梦想至今没有实现，依然是他的编外学生。

冯宗兰，2002年因病离世，应该不到40岁。是伍美珍告诉我这个消息的，我当时就哭了。她再也不能给《少年文艺》拍封面了。

2022年年底，董宏猷老师与我们告别。

这几年，文学笔会少了，但文学活动经常有，不少单位邀请我，因为工作忙，多数都推辞了。像当年那样奢侈地花10天时间去参加笔会、去采访，估计很难再有了。

2023年3月29日

那年春节没回家

题记

放假前一周，编辑发来邮件问我进展如何，她希望我“健笔如飞”，按时完稿。

距春节还有两个月，我收到了一家著名出版社的约稿函，希望我在来年的2月底给他们整理一本小说集。我出书时间不长，有出版社看重，让我受宠若惊。我回复编辑：新写一本，按时交稿。

白天还有报纸编辑工作且经常加班，什么时候才能写出来呢？我想到了即将到来的春节假期。

我给千里之外的妈妈打电话。

“什么？过年不回来了？就回来几天都不行吗？”妈妈没有思

想准备，在此之前，我每年春节都回家。

“弟弟会回去的。”我说。那时，弟弟和我住在一起，弟弟明确过年要回家，只是一直没有买到火车票。

“今年新收了不少贷款，想好好庆贺一下。你喜欢吃肉皮冻，也买了肉皮。你回来吧，一家人多热闹！”妈妈滔滔不绝。

“到时候再说。”我说。

放假前一周，编辑发来邮件问我进展如何，她希望我“健笔如飞”，按时完稿。

我还没写一个字呢，我正式决定过年不回老家，专心赶稿。

我给妈妈打去电话。妈妈好像预感我要说什么，多数时间，她只是“嗯”，最后她说：“你一个人在外过年，我担心你吃不好。”

弟弟买到了正月初一的火车票。正月初一下午，我把他送上车。回来，我仍坐公交车。车上人很少，我坐最后一排，看到街上张灯结彩，一派过年气象，我的眼泪流了一路。我想弟弟，也想妈妈。我知道，他们更想我。

收假时间一天天临近，年味逐渐淡去。但妈妈好像还沉浸在过年的气氛当中。她一打电话，就又说收贷款和做肉皮冻的事，依然对我没回家过年感到遗憾。弟弟说，少了我，全家人不习惯，都没过好年。

原想春节能写很多字，到假期结束并没有写多少。一直到7月才交稿。出版社出书更晚，拿到样书已是近两年后。

其实，春节假期写的那点字，平时紧一紧，完全可以写出来，实在没必要闹那么大动静。这也说明，我以前做事，总喜欢虚张声势，总是以自我为中心，不考虑别人的感受。

随着年龄的增长，我不会再那样了。

2021年11月12日

到张之路老师家搬书

题记

按照我和安兄的约定，挑完后，我俩又互相翻看对方的书，安兄一惊一乍，说好多他喜欢的书都被我挑走了。

上午，接张之路老师电话，告诉我和武林兄下午可以去他的旧家搬书。

我准备了一辆小行李车、两个手提袋。到张老师家时，武林兄已经到了。他在电梯口接上我。张老师正坐在屋子里的小板凳上清理书柜里的书。清理完一个书柜，告诉我们：“这个你们可以拿了。”他还说：“你们不要客气，你们不拿，我也得想办法处理掉。”

武林兄爱护我，谦让我，让我先挑。他的阅读范围广，边挑边给我介绍：“这个你应该拿走。”遇到他喜欢的，也是先征求我的意见，问我要不要，确定我不要，他就放到他的区域。他的那一摞逐渐高起来。

看第一个书架的时候，我还比较客气。后来，看着武林兄挑的书越来越多，我的动作也快起来，取着上面的，看着中间的，恨不能同时把下面的也拿走。武林兄给我推荐的，我不管好不好，先照单全收。

慢慢地，我这边的数量超过了他，主要是一些工具书和古典名著，如《中国艺术影片编目》（上、下册）、《世界美术全集》（11册）、《中国典故辞典》、《柳宗元集》，还有北京出版社出版的精装《三言二拍》。这些书，我也不知道什么时候看，但是，想着张老师要处理掉，索性先搬回家。

张老师家的老书也很新，1978年出版的《古文观止》好像没有看过几次。《废都》第1版，似乎刚从仓库运出来。我喜欢的《张天翼童话选》和《沈从文小说选》虽旧如新，很难看出是二三十年前出版的。

按照我和安兄的约定，挑完后，我俩又互相翻看对方的书，安兄一惊一乍，说好多他喜欢的书都被我挑走了。安兄那一堆书里，有《新时期中篇小说名作丛书·陆文夫集》，这套书还包括王蒙、张洁、张贤亮、蒋子龙的，被我先挑走，陆文夫的这本武林兄不好不给。还有《中国民间故事选——历代英雄人物传说》，是我小时候看过的，武林兄也让给了我。看版权页，中国少年儿童出版社1985年4月北京第1版。我上小学时，在镇上的新华书店买过这本书。那时候还不是开架售书，我喜欢故事书，隔着柜台，让营业员阿姨拿给我。营业员阿姨可能觉得我不会真买，很不耐烦的样子。我为了赌气，就买了，花了两块多钱。这个价钱在当时算很贵了。

我挑的两本书，武林兄特别喜欢，我也喜欢，后来还是让给了他。还有两本书，一直没舍得给他。这两本书分别是苏联阿·托尔斯泰的《布拉基诺历险记》（陈佐洱翻译，福建人民出版社1984年4月第1版），美国莫尔顿·亨特的《情爱自然史》。在回家的路上，我在想，只是暂存我这里而已，过一段时间，我会送给他。

往楼下转运了四五趟，让一楼对面小饭店的老板帮我们先看着，我们过会儿来吃饭。今天最大的失策就是准备不足，应该多提一些袋子。安兄也后悔没有拉他的购书专用皮箱。小饭店的人可能以为我们是倒卖旧书和破烂的小商小贩，他们看到张老师将一台传真机和一个台灯送给了武林兄，将一个老式公文包送给了我。

回到家清点数字：我的是155本。安兄的是140本。我知道好多书是安兄让着我，没好意思跟小老弟抢。

2012年2月18日

买《耕堂劫后十种》

题记

书和人一样，也是有命运的，比如孙犁的这些书，都是从全国各地来到我的书房。当时买书的人，有的认真读了，有的可能随手翻翻。有的收藏下来，自己看或送朋友，有的不珍惜，卖给收废品的，可能后来化为纸浆。

我辛辛苦苦、满腔热情地去收集这些书，希望我的孩子将来也喜欢。即使不喜欢，也不要去毁坏，可以把它们赠送给真正喜欢的人。

孙犁的《耕堂劫后十种》，是1999年山东画报出版社出版时起的名字。先前，都是作者一本一本出，以1979年的《晚华集》开端，1995年的《曲终集》收尾，持续了16年。

孙犁的书，我开始并没有重视。山东画报社这套书，在西安、北京零星买过。因为当时对孙犁的作品读得不多。读了百花文艺社的《曲终集》后，开始有意收集。2005年春天去南京，鼓楼邮局附近有一家旧书店，山东画报社这套书是打折卖的，全新，十缺一。我像发现了宝贝一样，买了两套，回北京后，又在万圣书园补齐了缺的那本。自己留一套，另一套送给好友施亮先生。后来，越看越喜欢这个版本，又给施亮先生买了最新出版的《耕堂劫后十种》，把送给他的那套换了回来。施先生大度，原谅了我的小家子气。他也爱惜书，我要回来的，和当初送他的一样新。

2013年春天，我去天津看望孙犁研究专家刘宗武老师。刘老师编了孙犁的好多著作，包括山东画报社那套。他把自己珍藏的孙犁晚年出的单本书给我看，上面有校勘的记号。绝大多数都是第一次见，我眼睛都直了，小心地翻看，心想，什么时候自己也有这些书，该多好。拿着其中的几本，我还拍了合影。

这些年，我逛旧书店的机会不多，买旧书都是在孔夫子旧书网上。我经常搜索孙犁的这些书，有的买了多本。有时候是凑单，明知道这本书自己有，看看品相和价钱可以接受，又一次下单。

其他7本都有了，《老荒集》《陋巷集》《无为集》迟迟没有入手。主要是价格太高，有一本标到1000元。最近终于下定决心，把这3本都买了。

《老荒集》，1986年上海文艺出版社出版，封面设计：袁银昌。我认为这是孙犁晚年所出版的书里设计比较有特色的一本。标价300元。因为新冠肺炎疫情，2月12日下单，2月17日商家从上海发出快递，到我手上，已是2月28日。这中间，最让我担心的是中途遗失。商家让我放心，说收不到不要我的钱。他还说，其实自己也有点不舍得卖。我说："谢谢割爱，我代您珍藏。"书的品相仅次于我买的《曲终集》，封底盖有"上海市出版局出版处样书"字样。

相比之下，1989年人民文学出版社出版的《无为集》就印得粗糙了点儿，可能与那几年文学不受重视、文学书市场不景气有关。孔夫子网上只有两家在卖这本书，我买的这本，550元，品相不能说很好。顺丰快递从汕头发出，从下单到收货只花了3天时间，还是顺丰神速。

《陋巷集》，1987年百花文艺出版社出版，这次220元买下。商家是重庆的。他所在的解放碑商圈迟迟不能复工，他迟迟发不了货。2月25日下单，3月2日从邮局寄出，到我手里是3月6日。馆藏书，品相不错。

这些书，估计将来还会涨价。因为印数少，且时间久远，全国留存下来的只能越来越少，如《老荒集》只印了2300册，《陋巷集》印了3800册，《无为集》印了2800册。我当然不会今天买来，明天去卖，去赚钱。爱书人，都喜欢买得物有所值。如果真心喜欢，能早买就早买。

我想到，出版社可以把读者喜爱的老版本书影印，满足市场需求。百花文艺出版社曾影印了《散文》《小说月报》创刊号，随其他书一起赠送。2015年，又影印出版了《“百花小开本”典藏拣金》，共35种，定价690元。孙犁的著作，有7种，分别是《晚华集》《秀露集》《远道集》《尺泽集》《陋巷集》《澹定集》《津门小集》。我把它们挑出来，与孙犁的老版本书一起珍藏。

书和人一样，也是有命运的，比如孙犁的这些书，都是从全国各地来到我的书房。当时买书的人，有的认真读了，有的可能随手翻翻。有的收藏下来，自己看或送朋友，有的不珍惜，卖给收废品的，可能后来化为纸浆。

我辛辛苦苦、满腔热情地去收集这些书，希望我的孩子将来也喜欢。即使不喜欢，也不要去毁坏，可以把它们赠送给真正喜欢的人。爱书人，都是暂时替他人藏书，因为我们终究是要离开这个世界的。我们走的时候，也不会傻到要把这些珍藏了一辈子的书带到坟墓。

2020年3月6日

对获奖者的寄语

题记

我希望今天的少年儿童，虽然穿的是新式衣服，但骨子里还是保留一些传统文化的气质，这样才是有根的中国人。

写在前面的话

《华商报》曾是西安发行量最大的报纸，可以说，有市民的地方就有《华商报》。有一年，我爸爸去一个很小的理发店理发，看到报纸登有我的照片，对店主说："这是我儿子！"店主半信半疑。那是我第一次上《华商报》，点评的是小学生作文。之后，《华商报》举办的作文比赛和读书活动，都请我担任导师。这个导师，挂名成分多一些，但是，每到颁奖仪式，编辑让我写寄语，我都会把它当作一件很重大的事，假设自己在现场会对年轻的朋友们说些什么，就有了一条条或长或短的寄语，这些都是我对他们的真心期望和祝福。

1

祝贺你们得奖。在今天这个日子里，怎么祝贺都不为过。从那么多作品中脱颖而出，意味着优秀，意味着不一般。

我想起了我上初中的时候，想发表文章想得差不多要疯了，甚至立下誓言，如果20岁之前还不能发表习作，就和这个世界永别。我把我的想法，写信告诉当时的陕西省作家协会专业作家邹志安先生。他给我回信，说这样大可不必，生活更重要，还列举了很多作家，包括他自己，发表第一篇作品时的年龄已经不小了，要我千万不要有鲁莽的想法。

一段时间，我把大部分精力都花在了写作和投稿上。爱好写作，在写作上花必要的时间是应该的，但是，认为世界上只有写作，而没有别的什么，就不对了。好比一个人的成长，他需要综合的养分，你天天只吃一样东西，肯定会营养不良。

我一直在想，写作应该是生活的一部分，而不是全部。对中学生以及更多的文学爱好者来说，与其在那里不食人间烟火地去写，还不如认认真真地做好在你的年龄段应该做好的每一件事，因为，这就是人生，这就是生活。把每一件事情做好了，就等于写好了人生这本大书。

这曾经是我的教训，相信你们不会像我那样。

我希望你们获得更多的奖励，我希望你们考更高的分数，但我更希望看到你们的笑脸，我渴望每一个孩子都具备良好的品格：善良正直，快乐开朗，执着勤奋，宽厚忍让，善待自己，看重他人……这可能比前者更重要。

你们一定会做到，祝福你们。

2015年10月27日

2

中国人是最重视学习历史的。我们小的时候，大人给我们讲家史，长大后，又学习国史、地方史。历史是最好的老师，学习历史的目的就是“以史为鉴”，让我们少走弯路，避免犯前人犯过的错误；历史上可歌可泣的人物，也成为我们看齐的目标，不断提高自身修养。“文史不分家”，学习历史的过程，有助于我们对5000多年文明发展中孕育的中华优秀传统文化的理解，而中华优秀传统文化正是中国人的基因，是我们不同于其他民族的最显著特征。我希望今天的少年儿童，虽然穿的是新式衣服，但骨子里还是保留一些传统文化的气质，这样才是有根的中国人。

2017年4月25日

3

祝贺获奖的同学！

你们今天站在了同一起点，但是，人生如马拉松赛跑，若干年后，又会分出先后，希望每一位同学都永远向前、向前。

没有获奖的同学，不要气馁，我当年就是屡屡投稿而不中，更别说得奖了，但是，我一直在坚持，坚持到今天，写作成为我的最大爱好。

新一届中小学生作文大赛已经开赛，希望大家踊跃参加。奥林匹克精神的真谛是重在参与。同学们通过这样的参与一次次超越自我，比胜利更重要。

2018 年 4 月 10 日

4

祝贺“华商报社第五届中小学生作文大赛”圆满落幕。每当颁奖的时候，我就想，假如我是一名参赛学生，我会是什么样的心情？我想，如果我得奖了，我当然很高兴，但我不会骄傲，我会学习他人的长处，争取下次还取得好成绩。假如没有得奖，我也不气馁。参与本身就是胜利，我要向获奖者学习，多读他们的文章，然后对比，分析自己的不足，今后在哪些方面需要改进，争取下次得奖。

“华商报社中小学生作文大赛”已举办五届，产生了重要影响，成为报社的一个品牌，期待越办越好，培养中小学生喜欢写作文的兴趣，培养更多作文高手。

2018 年 11 月 4 日

5

祝贺获奖的同学，希望若干年后，你们还记得这个奖，记得这个奖对你们的鼓舞。也希望通过你们不懈的努力，让这个奖熠熠生辉，要有“今日我以她为荣，明日她以我为荣”的志气。

2019 年 12 月 26 日

我羡慕你们的青春年少

——给15名小学生的回信

题记

从现在做起，从一点一滴做起，时间一长，这些习惯就会和身体合一，成为良好的品质，你也会成为受人尊重、欢迎的人。更重要的，有了这些良好品质，面对挫折和困难就可以战无不胜、攻无不克。

亲爱的同学们：

你们好！

新年前夕，王爱玲老师快递来你们写给我的信，我都一一看了，谢谢你们！本想在放寒假前，给每个写信的同学寄去一本我签名的书，因为工作忙，忽略了你们放假的时间，等想起，已来不及，只好从网上书店买了一些寄去。王老师收到书时，你们已离开了学校，甚为遗憾。

王老师告诉我，你们大多出生于2010年上半年。对我来说，2010年的事好像刚刚过去，而你们都上小学四年级了！看到你们认认真真、一笔一画写的信，我很感动。我仿佛正和你们坐在一起，听你们讲成长的故事，听你们提问。无论信长信短，都是你们的心里话。谢谢你们信任我，把心里话告诉我。我也说说我的心里话。

我真羡慕你们的青春年少。因为小，可塑性才非常强，不像大人这一辈子做什么基本已经定型。多姿多彩的生活在召唤着你们，你们大胆去想象、去创造吧。“百川东到海，何时复西归？”青春也会很快过去。你们现在10岁，再过10年，就是20岁。未来你们要上初中、上高中、上大学，是一生中最关键的10年。

我希望你们：

从小树立远大的目标。像旅行一样，有切实可行的目标，就会有前进的动力。你们可以树立一个为祖国为人民努力奋斗的崇高理想，也可以订立一个为体现自己人生价值的切实目标，或者，就是为了实现爸爸妈妈的殷殷期望，上一所好大学、找一份好工作。只要是有助于自己成长、有益于社会和他人的，都值得鼓励。要实现目标就得付出努力，踏踏实实走好每一步，过好每一天，不因事小而不为。我像你们这么大的时候，在作文中也写到了很多理想，成为一名作家的理想一直没有变。你们有的同学也希望将来能写书，这很好，只要努力且方法得当，这个目标一定会实现。

从小养成良好的习惯。学习上的好习惯、生活上的好习惯，从现在开始，就要逐渐养成，不能拖到以后。我之前有胆小的毛病，上小学的时候想等上了中学再改，上了中学又想等上了大学再改，到了大学还是没有改好。你们不要学我的不是，要勇敢地讲话、勇敢地做事。要养成正确的作息习惯，把时间规划好、利用好，不贪玩、不睡懒觉、不乱花钱、对人有礼貌、不随意打断他人的讲话、不要骄傲，等等。从现在做起，从一点一滴做起，时间一长，这些习惯就会和身体合一，成为良好的品质，你也会成为受人尊重、欢迎的人。更重要的，有了这些良好品质，面对挫折和困难就可以战无不胜、攻无不克。

从小做一个善良的人，要与人为善。在家里，多体贴、多帮助父母长辈，少惹他们生气。在学校，尊敬老师，包括工勤人员，团结同学，发生矛盾多做自我批评。走上社会，真诚对待他人，不以大欺小、倚强凌弱。始终诚实守信，言行一致。我们善良，有一颗柔软的心，这个世界就会变得更加美好。先把自己的事做好，再力所能及去帮助别人。对小动物和花花草草，也要友好。有的同学羡慕我小时候有小狼狗陪着一起上学，讲到了自己养过的心爱的小动物，珍惜之情跃然纸上。我们都要敬畏动物，敬畏大自然。人只是大自然中的一个种类，不能因为我们的无知和傲慢，影响其他动植物生存。不久前，科学家宣称，“中国淡水鱼之王”长江白鲟已经灭绝。“灭绝”，等于永远从地球上消失，这多么可惜啊！

在王老师的推荐下，我的书，特别是《小小孩的春天》得到你们的喜爱，我很感激。大多数同学在信中谈到了读这本书后的收获。有的说“让我知道了大人们小时候的故事”，有的说“引起了爸爸妈妈的共鸣”。确实，我们那时候物质条件差，而你们现在天天都在过“年”。你们的起点很高，只要努力，一定会做出比我们更大的成绩，超过我们，这也是父母们的心愿。

还有一些同学问我如何写好作文。我相信王老师已经教给你们很多。我的建议：多读书，多学习别人怎么写，多观察生活，同时，还要多掌握一些词汇。平时多练笔，如写写日记、读后感什么的。有的同学说以前很怕写作文，看了我的书，不怕了。从我的书中总结了两个妙招：稚拙的白描与真实的力量，觉得写作不是一件难事了。这些我都赞同。我一直认为，把自己的所思所想用准确的文字写出来，就是好作文。我的书，不光是为了提高同学们的写作水平，我更希望大家能从书中学到一些做人做事的道理。

我看到有的同学的字写得很漂亮，比我当年的好多了。可能是学习书法的结果。你们现在课余时间很多，我希望每个同学都拿出时间练练字，先把钢笔字写好，再把毛笔字写好。一个能写一手好字的人，给人的第一印象会很好。

有王老师教你们语文，你们真幸福。很多年前，我见过王老师，我也看过她写的书和文章。她是一位对工作负责的优秀教育工作者，是一位对学生负责的好老师。我上小学的时候，都是男老师教我们，我一直渴望能有女老师教我们。王老师就是我小时候想象的优秀女老师的形象。

请原谅我不能一一给你们回信，我把你们的名字写在这里吧：王筱雅、刘丰仪、鲁靖萱、张家麒、许紫涵、张圣依、荣绍媛、王俊尧、朱俊颖、张语轩、杨睿婕、芦正阳、王宇涵、翟浩辰、翟浩程。(呵呵，最后两人是双胞胎吗？)你们的名字都很雅，寄托了家长们的美好期望。希望你们不辜负长辈们的期许，好好立志，好好学习，长大成才，让名字闪光。

如果有机会，我想去你们学校，到你们班上，我们一起听王老师讲课，好吗？

最后，让我们一起祈祷新冠肺炎疫情早日结束，生活重回正轨，大家开学时不用再戴口罩，春回大地，春暖花开。

你们的大朋友：孙卫卫

2020年2月9日

假如时间可以重来
——写给10岁的自己

题记

写这封信，我是发自肺腑地羡慕10岁的你，一切才刚刚起步，满是希望和机会。写这封信，也是检讨自己，成功路上没有迟到者，现在改正还不晚。虽然我已不再年轻。

亲爱的卫卫：

我是长大了的你，我现在给10岁的你写信。我也没想到会写这封信。

你10岁的时候，曾写作文，写10年、20年之后的你，那是对未来的畅想。今天，我回过头给10岁的你写信，心中也有无限感慨。

第一个感慨：时间过得真快。小时候，就常听大人讲，一寸光阴一寸金、寸金难买寸光阴。当时还有一首流行歌曲叫《金梭和银梭》，是劝勉年轻人要珍惜时光。但那时的你，并不能真正懂得这些，总觉得时间还有大把大把，所以，很多时候并没有把时间抓住，而是让它从你的手中溜去、从你的身边飞走，现在想来，真是可惜。

第二个感慨：没有利用假期读经典名作。你从小就喜欢看书，10岁时，在老师指导下，开始投稿，你想长大后当作家。虽然屡投不中，但一直没有放弃努力，直到多年后终于有文章发表。你为梦想坚持不懈，这是值得肯定的，也是一些人所缺少的。你的问题是，过于注重投稿，过于看重发表，读书和练笔不多，特别是每年寒暑假，当时课业负担不是很重，应该多读一些经典名作，可是却没有去读。等到上初中、高中，功课已让人焦头烂额，想读已经没有那么多富余时间了，所以，你的文学底子打得不是很牢靠。

第三个感慨：爱好少了一点。你生在农村，经常帮家人干农活，你的筋骨在田野里一天天强壮，个头一天天长高。可惜的是，对于体育，你只喜欢围观，不愿意实战。你的乒乓球技术一直停留在小学水平，如果那时再好好练一下或者与高手经常过招，肯定不是现在这样。你不识简谱，不识五线谱，不会任何一种乐器。你不喜欢夸夸其谈是对的，可是，该表现的时候也应该去表现，把自己的所思所想大胆表达出来。这些都做得不好，所以，每当遇到展示才艺的机会，你只能后退。

第四个感慨：好习惯没有从小养成。长大后才发现，老师教的一些汉字从一开始就没有写对，该出头没有出头，该是提写成了横。有的字读音也不正确。放学后，不是先做作业，而是疯玩。觉得这一生不可能近视，经常躺在床上看书、走路看书，或者在太阳等强光下看书，到初中就近视了。做事有时拖拖拉拉，前松后紧，等等。

写这封信，我是发自肺腑地羡慕10岁的你，一切才刚刚起步，满是希望和机会。写这封信，也是检讨自己，成功路上没有迟到者，现在改正还不晚。虽然我已不再年轻。

祝福你！祝福我！

长大了的孙卫卫

2022年1月10日

你也会成为他们

题 记

贾平凹说：“学会用真诚写文章。”他题写这句话的时候才32岁。

任大星先生的“寄语”一直指导着我的写作。

只要你们敢想，只要踏踏实实去努力，就会有那一天。是的，你也会成为他们。

上小学时，我就喜欢看作文杂志。每次写作文，都会带很多本作文杂志到学校，自己看，也借给同学看。

受语文老师启发，那时我已开始做作家梦。除了对同龄人写的作文感兴趣，杂志封二刊登的《作家寄语》也是每期必看。孙犁、刘绍棠、路遥、贾平凹、庄之明、韩小蕙、任大星等作家的名字，就是最早从作文杂志的《作家寄语》看到的。

《作家寄语》除了刊登作家照片，还有作家题词和小传，我都是一字一句去读，有时还会把一些“寄语”抄写在摘抄本上反复阅读。通过作家小传，知道了作家的出生地、曾用名、代表作，感觉就像在上一堂堂中国当代文学的课。

孙犁说：“文章写法，其道则一。心地光明，便有灵感。入情入理，就成艺术。”我是小学三年级读到这则“作家寄语”的，当时似懂非懂。但是，孙犁的名字从此被我牢牢记住。

贾平凹说：“学会用真诚写文章。”他题写这句话的时候才32岁。

任大星先生的“寄语”一直指导着我的写作。他说：“文章大都是写给别人看的。如果你的文章写的尽是一些别人想得到、说得出的东西，谁还会对你的文章产生非看不可的兴趣呢？所以，小学生写作文，也应该懂得：要尽最大努力去写自己的切身感受、体会和见地。”

任大星先生是写给小学生的，但是，所有写作的人都能从这段话中获益。

参加工作后，我陆续遇到或者联系到当年给我们写“寄语”的一些作家，我谈起“作家寄语”对我的影响，他们都说没有想到。

10多年前，一家著名的作文杂志约我写一篇作家谈作文之类的文章，同时在封二刊登我的照片和“寄语”。我说：“我是看你们杂志的《作家寄语》成长起来的，那个位置太重要了。写文章可以，‘寄语’不敢写。”拗不过编辑，最后还是诚惶诚恐地写了。像小学生一样，我是一笔一画写的。

又有刊物编辑让写“寄语”。我多是推辞，推辞不掉，就绞尽脑汁去想。我希望给小读者们的“寄语”，对他们有实实在在的帮助，最好能让他们记住，能鼓舞他们一直向前。

每次写“寄语”，我就会想起我小时候读“寄语”的情景。那时，真的想不到有一天我的照片和文字也能登在《作家寄语》栏目。

今天的小读者们，等你们长大后，你们中间，不仅会有人成为作家、艺术家，还会有人成为科学家、工程师，以及各类优秀的人才。肯定也会有杂志等出版物向你们约稿，请你们为更小的读者写“寄语”或者讲述你们的故事。那时你们会想到今天读“寄语”的心情吗？只要你们敢想，只要踏踏实实去努力，就会有那一天。

是的，你也会成为他们。

2023 年 6 月 11 日

做一个温暖踏实的人

题记

作为一个志存高远的写作者，在打基础的阶段，得把主要精力放在读书上，放在吸收营养上，文章可以写少一点，书不能读少，要把有限的时间用在刀刃上。

宋和煦是第7届“雨花杯”全国十佳文学少年，我是第2届获奖者。我得奖的时候，是20年前的1994年，宋和煦还没出生。

“雨花杯”全国十佳文学少年评选活动由江苏教育出版社主办，20世纪90年代在中学生文学爱好者中享有极高的声誉，很多喜欢写作的中学生都以获这个奖为荣，我也不例外。

在第7届“雨花杯”颁奖典礼现场，我见到了宋和煦等10名获奖者。他们真小呀！我仿佛看到了我的昨天，看到了昨天和我一起参加领奖的那些朋友。当年，那些给我们颁奖的前辈，是否和我一样也感慨过，他们真小呀！

都得过这个奖，我又比宋和煦大，按大学里的规矩，我就是她的学长。可能基于这个原因，宋和煦的母亲希望我为她女儿即将出版的一本书写序。我没有推辞，我想还是写几句话吧，就当是一个学长对后来者的寄语。

第一，他们的起点很高。我看了宋和煦的简历，读了她的一些文章，她发表文章的报刊，有的我到现在也没有发表过。她得的很多奖项，我这一生肯定也没有机会再去得了。她的写作水平也是超过我当年的。她写的比我当年多很多。而且她受到了很多老师的指点，也见了很多大的场面，这比我当年一个人在那里苦苦琢磨不知要强多少倍。

第二，还要更加努力。起点高，不是和煦一个人起点高，是和她一起写作的一大批人起点都高。是他们努力的结果，也和现在传媒发达有很大关系。举个简单的例子，我们那时候发表作文的报刊特别少，现在多多了，月刊改成了旬刊，甚至周刊，需要的文章自然增加。那时候文章少，一篇文章可以让成千上万的人记住名字和内容，现在就很难做到。现在产生的量多，但是，质要全面胜过以前，仍需要努力。作为一个志存高远的写作者，在打基础的阶段，得把主要精力放在读书上，放在吸收营养上，文章可以写少一点，书不能读少，要把有限的时间用在刀刃上。

第三，千万不要骄傲。《伤仲永》的故事已经讲了将近一千年，但是，我们听到的看到的仲永们的故事依然不少，须引以为鉴。现在会写作文，不一定将来就会写。我上大学的时候，往往文章写得漂亮的人是那些学理工科的，他们在中学的时候，并没有显露出这方面的才华，但是，只要季节气候适当，他们还是会生根发芽，一点儿不输专门从事文学的人。我们会写作文，发表了一些作文，千万不能骄傲，很多人都会写，只是人家没有去投稿、去表现而已。

第四，要着眼长远。作为学生，第一职责是把功课学好，上一所好的大学。上了大学后，再结合那时的兴趣爱好，制订自己一生的计划，看看在哪个方面用力比较好。不要现在发表了一些文章，就非得将来要当个作家。有这方面的潜力就挖掘，没有这方面的潜力，赶紧掉头，最怕的就是作家没当好，别的事情也耽误了。这方面的教训不少。

以上的话，好像不是学长说的，倒像是一个老人喋喋不休的话。没有办法，看到那些年轻的朋友，我总是希望他们的路走得更稳当一些。所以，请和煦小朋友原谅我的这些不太入耳的话。

不管和煦将来从文还是从理，我都希望她能像她的名字一样，温暖自己，温暖别人，做一个踏实的人。我也相信一定会的。

2015年1月3日

我永远是周中的学生

题 记

我从事写作，在媒体上发表文章，就像演员在舞台上演戏一样，只是混了个脸熟而已。实际上，从母校走出去的其他行业的精英，他们很少在公开的舞台上露面，但是，取得的成绩却远远在我之上。我们更应该敬仰他们，他们才是我们学习的榜样。

敬爱的老师、亲爱的同学们：

今天是我们共同的节日！

我早就订好了回西安的飞机票，突然接到单位通知有事，非常抱歉，不能参加母校建校70周年庆典。但是，此时此刻，我的心和你们在一起。我似乎看到了学长们互相拥抱、握手的热烈场面，听到了陈校长慷慨激昂的致辞……对我来说，每次参加校庆，都是向母校和老师致敬的机会，很遗憾，这次只能以书信的方式实现我的心愿。

对于母校，以及母校的老师，我一直心存感恩。这份感情，似乎比其他同学要更加强烈，因为没有母校给我提供的平台，没有老师的培养，就没有我的今天。每当我取得成绩的时候，我都会由衷感激母校，感激每一位老师给我的教诲。

这些年，母校的各项工作有了飞速发展，在外面工作的我们，为母校的进步感到骄傲。我有幸聆听陈校长讲述母校的办学理念，深感振奋。“要让农村孩子享受和城里孩子一样的优质教育”，可以说，家乡几代人的梦想，正在我的母校变为现实。亲爱的学弟学妹们，学校为你们创造了良好的条件，再加上你们的刻苦，你们一定能取得更大的成绩。“长江后浪推前浪，世上新人赶旧人”，只要敢想，只要努力，你们也一定会胜过你们的学兄学姐。

这些年，我坚持写作，取得了些许成绩，母校还像我上学时那样，给了我很大的鼓励和支持。其实，跟学长们比，跟我的同学比，我还差得很远。我不止一次说过，我从事写作，在媒体上发表文章，就像演员在舞台上演戏一样，只是混了个脸熟而已。实际上，从母校走出去的其他行业的精英，他们很少在公开的舞台上露面，但是，取得的成绩却远远在我之上。我们更应该敬仰他们，他们才是我们学习的榜样。

70岁，对一个学校来说，一切才刚刚开始。我衷心希望母校在下一个10年、20年获得更大的发展和繁荣。祝愿各位老师身体健康，工作顺利！

今天这个日子，我远望家乡的方向，想念我的母校，想念我的老师。

此致

敬礼

永远的学生：孙卫卫

2013年10月6日

周至文坛一颗星
——怀念张长怀先生

题记

生活里重情重义成就了他文字的洗尽铅华方为真，爱父母，爱家人，爱乡友，爱家乡一草一木，笔下的文字自然、可敬、可亲，好比当着你的面娓娓给你讲故事，切切如拉家常。

4月27日中午，看到老家中学张军堂老师在朋友圈发微信："先生走好，我心长怀。"我问他，谁走了？他回复，张长怀先生。闻之，大为震惊，深感悲痛。

先前没有听过他身体不好的消息。未满70岁，不及国人平均寿命。我和他没有见过面，去年还相约见面好好聊聊呢。

也不是没有见过面，只是那时他不认识我。那是1993年的春天，我上高中二年级，西安市“学雷锋　讲奉献”英模报告团来我校宣讲，高一、高二两个年级学生参加，在新建教学楼前的小广场上，我们搬着凳子坐在下面，他和活动的组织人员在主席台就座。他当时是县委副书记，最后做了总结讲话。之所以对那次活动印象深刻，一是，作为学生见到县领导的机会很少；二是，后来在《周至报》上经常看到他的名字和作品，又勾起我对那次活动特别是他讲话的回忆。

《周至报》复刊后，四版是副刊，差不多每月会登他写的散文。大都是写家乡人事、风土人情的。还写过翠峰山，我是翠峰人，从来没有想过要写它，觉得它太普通，在地图上找不到，外地人很少知道，可是，在他笔下，家乡的山水和那些闻名遐迩的风景名胜区并没有太大区别，因为纯天然，更显出它的可贵。阅读这些文章，对我是很好的乡情教育，提醒我看重家乡、热爱家乡、建设家乡。

到外地上学、工作，过年回家，与好友谈起家乡的文学发展，他是绕不开的人物，说他又出了书、又得了奖，我也深受鼓舞。还听到过他的一件逸闻：有一天晚上他骑自行车从县城回老家，被社会上的几个小混混拦住，欲敲诈钱财。他们也没想到夜里骑自行车赶路的是县委领导。张长怀先生是否亮明身份，中间是怎么发展的，我已不记得，只记得结果，他批评那些人不学好，他们作鸟兽散。

2004年，我主动联系他，给他寄去我写的书。不久后收到了他的回信。信不长，摘抄如下：

卫卫乡党：

您好！

书和信均已妥收，莫念。

很早，我就知道了您的名字和名气。收到书，自然很高兴。联系我们的，是乡缘，更是文缘！

您是咱家乡的骄傲，也是周至文友们时常挂在嘴边的话题人物。看了您的书，更加加深了如上认识。天赋、学识、平台、勤勉，这些，您都具备。诚盼更上层楼，勿懈勿怠，再接再厉！

寄呈一份家乡的邮折，以作存念。也盼，能以咱们的白县尉为楷模，常勉常励，常写常新！

若归里，请一定来我处长叙乡情，我将忘年陪游！一定啊。

祝

康吉顺好！

长怀　敬书

2004年4月27日　故里

按年龄，他是我的长辈。按职务，他是县人大常委会主任，这样级别的干部，全县屈指可数。在信中，却对一个年轻作者如此客气，令我感动和难忘。

邮折是家乡仙游寺的首日封，白县尉是白居易，唐朝时任我们县县尉，《长恨歌》《观刈麦》等名作就是在我们县写的，后人一直引以为豪。

他真心实意邀请我，我却一次也没有去过，每次回老家时间都很短，更重要的，他职务那么高，公务一定很繁忙，还要挤时间写作，我不想打扰他。

还是经常会在报纸、期刊上看到他的文章，看到他作品出版或者得奖的新闻。2011年，《周至报》纪念复刊1000期，报纸出了一期专版，上面有我的习作，也有他的文章。当年在家乡，他就是我崇拜的对象，如今，我的习作能和他的作品在一起发表，我感到很光荣。他文章的题目是《一方水土“扬”一方人》。我才知道《周至报》的复刊，当年县委责成他具体牵头落实。后来，《周至文艺》的创办、周至文学的蓬勃发展，都与他的支持分不开。特别是退休后，很多基层文学活动，他都热情参加。他把自己看得很低，把文友看得很高，把写作看得很重，他曾写道：“凡在《周至文艺》发表文章的作者，皆系文友。我喜爱他们的作品，羡慕他们的才华；我敬佩他们的精神，以之激励自身；我乐于与他们交友，彼此亦友亦师；我珍惜与他们的友谊，视为精神财富。”这些话，不是发自肺腑根本写不出来。

过年，我给他发去拜年短信，他都认真回复，从不敷衍，且多是鼓励。2017年春节，他回复我：

您是家乡的光荣。您是乡友的自豪。您是文友们的话题。您是故里年轻人的翘楚，标杆，符号。祝贺您！顺祝新春愉快！家乡记着您！

这封短信连同那封书信，我都保存着，每当精神懈怠，我就想到，他和家乡的许多文友都在关注着我，我没有理由不努力。

集中阅读他的作品是从去年10月开始，我先寄去我的书，然后讨要他的书，他给我回短信：

我拟寄去《楼观竹韵》《老子说经的地方》《庙会风情》《千古丹阳观》《希声堂释道》《长恨歌与仙游寺（修订版）》几本拙作（您已有以上诸书，敬请告知，我即免寄）。随后马上尽力想方设法努力收集。如若见书，勿笑愚陋，仅作了解家乡素材即可。愚朽张长怀敬复。

后来他又回复我：

我总共写了14本书，均是乡土题材。您若不嫌弃，我设法搜集齐全，寄给您一套。所虑，只是委屈了您的书架。愚朽张长怀。

有的书，确实不好再找，他把缺失书的电子版全都发给了我。

我答应他会认真阅读，写一篇读书体会，可是，文章还没来得及写，他就走了，这么突然。

读他的很多文章，都让我眼角湿润。文如其人，用在他身上，是再合适不过的。他官做那么大，却依然那么朴实，朴实得就像家乡河里流淌的水和山间的小石头一样。生活里重情重义成就了他文字的洗尽铅华方为真，爱父母，爱家人，爱乡友，爱家乡一草一木，笔下的文字自然、可敬、可亲，好比当着你的面娓娓给你讲故事，切切如拉家常。他内心是看不起那些花里胡哨的作品的，他也不是那样的人，他觉得笔耕故土、为家乡代言乐在其中，更有意义。后期，他把更多精力投入对地方文化的挖掘以及文学普及上，如写庙会的那些文章，填补了家乡民俗风情研究的空白。这些工作，成就并不在文学创作之下，对家乡的贡献可能更大。

他总结了与文友交往的“十乐”，也是真情真心的表露。我如果主动去他府上，和他一起谈论文学，交流一些文坛信息，他应该是非常欢迎的，会和我见到他一样高兴。他一定也很期待。我开始是觉得他职位高，后来是觉得他年龄不大，以后有的是机会。可惜，一拖再拖，成了永远的悔，成为我巨大的损失，这也是他离去后我特别难过的原因。

张军堂老师告知，先生遗体告别仪式5月6日在家中举行。灵柩停放这么多天，既是家乡风俗，也是给不忍离开他的亲朋好友悼念的机会吧。我看到朋友圈发的图片，花圈摆满了家里的院子，吊唁的人络绎不绝。一个人离去，被各行各业的人念想、追思，又留下那么多著作，将长久传播，夫复何求？

我让朋友代我送一个花圈给先生。告别仪式那天一早，我会面朝家乡的方向，向他深深鞠三个躬，寄托我的哀思。

他是周至文坛的一颗星。星星长挂苍穹，光辉依旧闪耀，他会看着我们，思乡怀旧，不忘首丘。家乡每一位有志于文学创作的人，都应该好好写，不辜负他的期望。

先生走好，我辈长怀。

2019年4月30日

未曾谋面的老师

题记

这些日记最早多是一块块普通的布料，经过孟老师的剪裁或者添补，才成了一件件像样的衣服。如果孟老师是裁缝、是园丁，那也是业余裁缝、业余园丁。他还要教课，也许还有别的工作。我仿佛看到了他晚上在台灯下刻蜡板、用油印机印刷的样子。

整理旧物，发现了一本30年前铁笔刻的油印小册子，指导老师：孟凡英，收录的是陕西大荔县步昌中学部分学生的日记。我已经忘记当年是否把它看完，这次一口气从头翻到尾，感觉收获并不比读正式书刊小。

我估计油印小册子除了发给本校的老师和学生，同时还向少儿报刊社赠送。我那时是一名初中生，课余办文学社，联络了全国多个地方的老师和学生。孟老师寄给我，是想让我从中选一些文章刊登在文学社的刊物上。他可能以为我们是铅印刊物，岂不知我们的也是油印的，不同的是先用手动打字机打在蜡纸上，然后再油印。

在蜡纸上刻字须掌握技巧。看到刻印出那么娟秀的字，再加上他的名字，我想象他是一位和蔼可亲的女老师。多年后，在一个中学生刊物编辑部看到他投来的稿件，主编告诉我，孟老师是位男老师。

油印小册子，32开、36页，刊有33篇初中学生的日记，写的都是1989年年末的事。大多是家里和学校的小事，如赶猪、换灯泡、送贺卡、偷吃橘子等，却吸引着你不得不往下看，就像一个个朴素的孩子讲他们自己的故事一样，情在话里，情更在心里。文字朴实干净，像田野里正在生长的庄稼和蔬菜，露水似乎还在上面跳动。不用说，这些日记最早多是一块块普通的布料，经过孟老师的剪裁或者添补，才成了一件件像样的衣服。如果孟老师是裁缝、是园丁，那也是业余裁缝、业余园丁。他还要教课，也许还有别的工作。我仿佛看到了他晚上在台灯下刻蜡板、用油印机印刷的样子。

我看到的只是其中一本，应该还有很多本。这些文章的作者像一棵棵小树苗，在孟老师的精心培育下，茁壮成长。当年的他们，现在差不多是我这样的年龄了，他们还记得当初孟老师督促他们写日记吗？还记得孟老师的教诲吗？他们在日记中鄙视的那些行为，自己一定不齿去做。他们向往的那些品格，也一定会成为他们向上跃进的动力。

我后来再没有和孟老师联系。上网搜索他的名字，只有一条，是1969年以步昌小学民办教师身份参加《人民日报》“关于公办小学下放到大队来办的讨论”。我惊奇他的资历那么老。当时如果20岁左右，今年得七八十岁了，不知道他身体可好。

我一直觉得一个人在一生所受到的教育中，小学老师、初中老师的作用更为重要，他们是为孩子的将来打基础的。我现在还有很多在教学一线的朋友，他们爱学生、爱自己的工作，总是想竭尽全力做到最好。每想起他们，都让我肃然起敬，想给他们敬礼、鞠躬，感谢他们塑造着我们民族的未来。

2020年2月3日

90年的路有多长

——致刘崇善老师

题记

比如，对一部刚出版的新作全是赞扬，少有真正的学术批评。有的宣传言过其实，读者都看不下去。我觉得这个时候，是需要您这样的“刺猬”出来“刺一刺”的。否则，对问题视而不见，都是歌舞升平，那才是大问题。

刘老师：

收到《刺猬日记》已近两个月了。开始是翻看，先睹为快，后来是一字一句阅读。还从孔夫子旧书网买了您早年出版的《给小孩子的大文学》和《儿童诗初步》。这两本著作和《刺猬日记》一直在书包里放着，准备写一篇文章的，可能太过“正襟危坐”，一时竟不知从何下笔，再加上近期工作和写作都很忙，索性写一封信吧。信自由一些。

《刺猬日记》是您2013年6月26日至2014年1月12日发表在博客上的日记结集。当初发表时，我全都看过。今天重读，有的还有印象，有的好像是第一次看。造成这种情况，可能有两个原因：一是当时走马观花；二是有的内容看后确实忘记了。

我们第一次见面，我没有忘记，那是2005年4月1日，在北京，中国作协儿童文学委员会召开纪念安徒生诞辰200周年座谈会。中午主办方有便宴，我们都留了下来。您当时为北京某出版社主编了一套作文书，希望能在我供职的报纸介绍。而我早早看《少年文艺》杂志，知道您的名字。我在当年的日记中没有查到我们会面的记述，但在网上搜索到那次会议的新闻，新闻里有我们的名字，说明我的记忆没错。这是迄今为止我们唯一的一次见面，但感觉并不疏远，借助现代化通信手段，经常收到您发来的邮件、信息，好像在听您说话。

日记是我喜欢的一种文体。我从初中三年级开始写，虽时断时续，但一直没有放弃。一段时间觉得睡觉前把当天的日记写了，这一天才算是画上了圆满的句号。您自称日记是“流水账”，我觉得是“原生态”。我也在博客发表过日记（都是经过剪裁的），后来，因为种种原因没再发。您发在博客的日记，都是原汁原味的。我佩服您说真话的勇气。这也是您的日记最宝贵之处。说真话向来很难，多少人为此付出了沉痛的代价，古今中外的例子不胜枚举。巴金有一篇散文，题目就是《说真话》。他在《随想录》总序中写道：“我不想多说空话，多说大话。我愿意一点一滴地做点实在事情，留点痕迹。”我觉得您的《刺猬日记》是在践行巴金先生这句话。

说真话容易得罪人。您“刺猬诗人”的雅称也和说真话有关。我分析，有时候是“路见不平一声吼”，有时候是被迫用“刺”保护自己。很多年前，您爱人下班骑自行车回家，没有闯红灯，交警硬说闯了。一般人可能自认倒霉，而你们据理力争。在交警面前，你们是弱者，您说气得当时都想放把火把岗亭烧掉。法治社会、文明社会，我当然反对您这么做。但是，看到您一次次地把

“刺”立起来，我们也应该扪心自问：是不是社会上的一些人和事，包括儿童文学界的一些人和事，逼得您不得不做“刺猬”，不仅仅是为了自己，也为了大的生态环境，包括文学的生态环境。比如，城市治理中还有这样那样让老百姓不满意的地方。比如，对一部刚出版的新作全是赞扬，少有真正的学术批评。有的宣传言过其实，读者都看不下去。我觉得这个时候，是需要您这样的“刺猬”出来“刺一刺”的。否则，对问题视而不见，都是歌舞升平，那才是大问题。但是，我也赞同樊发稼老师在《刺猬日记》序言中对您的建议，有时候“留有余地，适当圆融，甚至讲点中庸之道”也是应该的。这也是您组织的一些网上研讨我没有参与的原因。有的研讨，我是想劝您可以不必那么大张旗鼓，但又想，这是您的性格，否则就不是您了。当然，有的不是我关注和专长的领域，我也不好发表意见。

要向您学习的地方太多了，您对工作热情如火，对朋友真诚坦荡，对读者认真负责，让我望尘莫及。我没想到一篇几百字的小学生作文，您要花一个小时甚至更长时间来修改。我对照着看了，改后确实大不一样。我比您小很多岁，是晚辈中的晚辈，这么多年，您给我写邮件，一直称“您”，有时候称“兄”。樊发稼老师每次去上海，您都热情接待，组织朋友们与他会面。2006年，您为他举办了庆祝樊发稼儿童文学创作50周年活动。他逝世1周年后，您又在朋友圈征集他的合影，后在微信连续发布，最近编制成册子印刷分赠给大家。这份深情厚谊，有几人能做到？而您对自己的生活，却是知足常乐。做完一场讲座，受到家长和小学生欢迎、称赞，老友关心您的身体给您打来电话，您就觉得生活充实而美满，久久沉醉其中。您可能根本就没想到赚钱。前些年，业内不少像您这样研究作文的专家都通过办作文培训班赚了大钱，您如果办，一定会比他们更赚钱。从日记看，办《作文大世界》杂志您好像也没赚到什么钱。

办杂志花费了您大量的时间和精力，您要是把这些时间用来写儿童诗，写评论，今天的成就一定会更大。文学评论集《给小孩子的大文学》是1984年8月由河南人民出版社出版的，一年后，樊发稼老师才在该社出版了他的第一本儿童文学论文集。除了几位老一辈儿童文学作家以外，您的儿童文学论文集是出得比较早的。我读了近40年前出版的这批著作，其中一些文章今天仍有很强的指导性，使我受益匪浅。如对儿童小说中的心理描写应如何认识，如何加强。如儿童文学作品中不能把成人写得像孩子一样幼稚天真，而把孩子却写成了小大人，等等。您的儿童诗后来也写得少了。读了您1985年出版的《儿童诗初步》和2016年出版的《给孩子们的诗》，一方面赞叹，一方面也感到可惜，类似这样的儿童诗，您应该多写。

“失之东隅，收之桑榆”，虽然办杂志影响了您在创作和评论方面的继续进发，但是有那么多小读者喜欢您主编的杂志，并从杂志中获益，也是一件功德无量的事。我当初写作也是从这一个个少年刊物起步的，编辑们的名字我一直记着。我想，您的名字也会被更多的读者和家长记着。

让我十分吃惊的是，您到现在居然没有自己的房子，这些年一直在外面租住。结婚时，出版社曾分您一处16平方米的住房，后来交换后改善到40多平方米，这也很小，远远没有达标。您后来卖掉想换大一点的，因房价疯涨，只能“望房兴叹”。您若是不炒股而投资买房，会不会好一些呢？这确实是一个沉重的话题。靠炒股赚钱，我没听到身边有这样的例子。好在您对此能乐观看诗，这很难得。

2013年，您把发表自己诗歌处女作的1954年5月号《少年文艺》杂志赠我。这次又赠我30多本儿童文学方面的书，有的是您一直珍藏的。顺丰的快递费很贵，我给您邮费，您也不要，我都有些不好意思了！您说如果早知道我喜欢收藏旧书旧杂志，早年的那些旧书刊就不会那么轻易处理了。我也觉得可惜。但是，一想起您都没有自己的房子，而这些图书、这些杂志，丢掉又算得了什么呢？当然，您送我的，特别是您的著作，我会好好保存。

我喜欢您日记中的《无题》这首诗。

如果用脚步丈量，
80年的路有多长，
我的岁月泯灭在
漫漫长夜的路上。

唯有那一丝光，
在我的天空闪亮，

照亮着长途，

也照亮着希望……

然而，路总有尽头，

来去竟这么匆忙，

风一再催促我，

剩下了短暂的时光……

这是您80岁的时候写的。如今，您将步入90岁的征程，希望漫漫长路上光亮多一些。

祝您健康长寿，生活愉快！有精力可以多写写过去的故事。

卫卫

2022年9月19日

拜访周有光先生

题记

就写“人生就是一朵浪花”。这句话，多么透彻呀！人生苦短，如浪花飞逝。一个人也太过渺小，究其一生，不过是一朵小小的浪花。

阅读记述沈从文的文章，记住了周有光这个名字。周和沈是连襟。沈从文是作家，周有光是语言文字学家。还知道周有光先生是真正的世纪老人，已经过了一百岁。

周先生称参加语言文字改革出自偶然。他原先从事经济学研究，曾任复旦大学和上海财经学院教授。1955年，接到通知，参加在北京召开的全国文字改革会议。会后就被留在新成立的中国文字改革委员会工作。他说他对语文是外行，可领导说这是一件新工作，大家都是外行。从此他就改了行。他曾全程参加《汉语拼音方案》的制定工作，被尊称为“汉语拼音之父”。

前两天去山西，《小学生拼音报》的张梅霞总编辑给我们看了一句宣传语“人生第一报”，询问谁写这句话最好。我和在场的语文出版社南宝顺老师都认为，周有光先生是最佳人选。南老师责编过周先生的书，他说他愿意去联系。

今天早上7点多起床，就看到南老师发来的短信，说跟周先生约好了时间，问上午有没有空过来。我当然要去了。一边穿衣服，一边在书柜里找周先生的书和与他有关的书。还好，找到了6本。

地铁里，我一边翻看这几本书一边想，到时候最好能让他写一句话，夹在镜框里，鼓励自己。写什么呢？我看到2003年他98岁的时候，给《浪花集》一书写了后记，其中有这么一段：

我的夫人张允和的去世，对我是晴天霹雳。我们结婚70年，从没想过会有一天二人之中少了一人。突如其来的打击，使我一时透不过气来。后来我忽然想起有一位哲学家说过：“个体的死亡是群体发展的必要条件”；“人如果都不死，人类就不能进化”。多

么残酷的进化论！但是，我只有服从自然规律！原来，人生就是一朵浪花！

就写“人生就是一朵浪花”。这句话，多么透彻呀！人生苦短，如浪花飞逝。一个人也太过渺小，究其一生，不过是一朵小小的浪花。

周先生住在一个普通的住宅楼里，房子是早年的砖混结构。他家在三楼。是保姆开的门。来到他的书房和工作间，首先感觉到的是狭小。他的书并不多，也许知识都装进他的脑袋里了。墙上挂着他晚年的照片，大概有四五幅，和他本人一样，非常精神，根本不像是上了岁数的人。

他说他要戴上助听器才能听见我们说话。交谈中，他用一种液体在鼻子里点一下。他的记忆力非常好，《小学生拼音报》的李军副总编辑说他们报纸后年就是50周年庆了，周先生还知道他们报纸创办于运城。“人生第一报”已经用毛笔写好。应李军的要求，他又用硬笔写了“小学生拼音报”的报头。写字的时候，他问我们今天是5号还是6号，我们想了一下，说是5号。他说，用了打字机之后，就很少写字了。他的打字机是专业的文字处理机，并不是我们所说的电脑，收起来就放在地上，看上去很小。

开始，他并没有戴眼镜，我们征求他的意见，想给他拍些照片。他说可以，就取出眼镜戴上。同去的马弟说戴上眼镜不如不戴眼镜好看，他又卸下来。照了几张，我建议他还是戴上眼镜好，他又戴上了。他的慈祥，很像自家爷爷。

我把带去的书展示给他，他笑了。按了一下铃铛，保姆进来问有什么事，他说把他写的《汉语拼音文化津梁》拿一本，要送给我们。我把我和马弟的名字写在一个本子上，他照着写了，并写上请我们指正的话。署名是“周有光　2008－11－05　时年103岁”。

我拿出《浪花集》，翻到后记，说特别喜欢“人生就是一朵浪花”这句话，希望他给写一下。我原本想让周先生写在他2002年出版的《21世纪的华语和华文》一书的前环衬，他说，还是写在后面吧，就写在了后面。后来，我们几个都跟他合了影，合影的时候，我拿着他的《语文闲谈》。

马弟说：“您的皮肤真好！”他笑了。我们说：“等您过生日的时候，我们给您祝寿。”问他生日是哪一天，他说是1月13日。

我们不便过多打扰老人，就告辞了。到一个饭店坐下后我才发现本子忘在了周先生家里。我小跑着去取，还是保姆开的门。周先生正躺在书房的沙发上小憩呢。

周有光先生的孙女上小学的时候曾对他说："爷爷，您亏了！您搞经济半途而废，您搞语文半路出家，两个半圆合起来是一个0。"而我要说，两个半圆组合在一起，是一个大大的圆。这个圆从一开始就是开放的，也正因为开放，周先生才得以益寿延年，永远不老。

2008年11月5日

朋友周益民

题 记

益民兄有一颗感恩的心，他总是把自己看得很小很小，把别人看得很重很重。 我们交往以来，他就像一面镜子，照出了我的不足。

益民兄又出新书了，《故事、儿童和作家的秘密——走近儿童阅读》。这是一本儿童文学作家访谈录，访问了28位作家，我有幸忝列其中。最早访问时间是2004年秋天，也是我们认识的时间。

那是在中国现代文学馆，中国作家协会与江苏省委宣传部、江苏省作家协会共同举办“未成年人思想道德建设文学在线系列活动”启动仪式，之后召开江苏儿童文学获奖作家作品研讨会。

在京的重要儿童文学作家都出席了，我是作为报社记者参加的。印象中益民兄有一个很好的发言，他还带了一名学生，学生也发了言。给我印象深刻的是，他和他的学生都说到黄蓓佳，学生说蓓佳阿姨什么什么的，那个会上第一次推出黄蓓佳的《中国童话》一书。

记不得是在会议间隙，还是临走的时候，我们互相打了招呼，我给了他名片。两个月后，收到他寄来的《读书郎》报纸，是他创办的。他那时候还在江苏海门实验学校小学部教书，那么年轻，已经是特级教师。我上中学的时候，我们学校只有一两位特级教师，所以，特级教师在我眼里很神圣，我对益民兄也是充满着敬意，一直称他周老师。他后来在邮件里说，以后是否可以不要称呼“周老师”了，我才改称益民兄。

《读书郎》阅读小报，有一个栏目叫《阳光书吧》，是对作家、评论家的访谈。益民兄要访问我，让我受宠若惊。在我之前，他已经先后访问过金曾豪、秦文君、程玮等著名作家。对程玮的访谈可谓有历史意义，是程玮定居德国后首次接受国内的采访。我后来才知道，程玮是益民兄少年时代的偶像，他一直在追踪她。

他提的问题都很专业，像答考卷一样，我一字一句认真琢磨，不敢因为它是学校自己办的小报而有丝毫的敷衍和马虎。

后来我们的联系逐渐多起来。

他在班上组织读书会，读我的书，并发动学生写读后感，一些文章编入他主编的《上读书课啦——班级读书会案例精选》。

他把我的书列为推荐目录，被各个学校引用。书不出了，但这个目录还在广泛流传，以致盗版书大行其道。

他把我介绍给出版社编辑，希望编辑约我的稿子。

他经常给我推荐一些好文章。

我也时不时麻烦他：

他去台湾讲学，我让他帮我买一本台版《麦田里的守望者》，他回来后，寄给我的是《麦田捕手》，原来台湾翻译的是这个名字。我要给他钱，他也推辞不要。

我面临职业选择，给他发去邮件，希望能听听他的意见。

一些我觉得比较重要的文章，也会先让他看，请他提意见，他认为可以了，我才有信心寄出。整理完《推开儿童文学之门》的书稿，我立即发给他看，虽然出版社早已答应出版。

连给孩子起名这样的事，我都想到让他帮着把把关。

我的每一件事，他都认真答复。

工作调动的事，他虽然对我面临的两个单位的具体情况不甚了解，但是他说有个基本前提，就是对于自己今后的发展的有利因素要分析好。他后来还帮我当面征求一位老领导的意见。

对于我的书稿，他说："坐下来，安安静静地读完了，尽管很多都是熟悉的，但熟悉的风景里自有新的味道。这本书是你走在儿童文学路上的印迹，于你，是个小结；于读者，也是个全面的了解。"

对于给孩子起名，他说："我则在一般的内涵外，关注平仄谐和。"在我提供的几个备选名字中，他一一做了解析。

但是，我们却很少见面。

我先前到南京曾联系过他两次，不巧他都在外地讲学。后来就不再先告诉他，而是在我走的时候才给他发个短信，怕打扰他。他来过北京多次，也往往是坐在了离京的火车或者到了机场，才短信告诉我已胜利吻别首都。有时候，我是看了媒体的报道才知道他刚刚在北京参加了某活动。

2010年夏天的一个晚上，在北京，祁智先生请吃饭，说要给我介绍一个人，他一再强调，我们一定会谈得来。到了吃饭的地方，推门进去，看到益民兄居然在，才知道祁智先生介绍的正是益民兄，真是意外之喜。祁智先生并不知道我和益民兄早就熟悉，他觉得我们两个挺像，尤其是气质，想利用这个机会让我俩认识。益民兄也是刚刚知道我要来，他说他接到祁智先生约请的时候，就想着是否提出邀请我一块参加。后来想我可能离得太远，没有提出。哪想到如此巧遇。这是我们时隔六年后的又一次见面。

第三次是在南京，我提前打了招呼，正好那段时间作家程玮回国，他约上程玮，约上作家韩青辰，还有南京师范大学教授谈凤霞女士，在一个咖啡厅见面。中午，我因为要赶着回母校和同学聚会，只好匆匆和他们告别。晚上，益民兄又专门送我一些书，我没在宾馆，他放在了前台。他后来说，那天时间太短，若是下午，能充裕好多。

之后，我们再没有见过面，但是，好像又感觉经常在一起。以前发邮件多些，现在常用微信，我有事就给他发信息，他很快会回复，这和同住在一个城市里似乎没什么区别。

我喜欢印在一本书上的他的简介：

周益民，出生于江滨小城海门，工作在六朝古都南京，得到很多人的关心，也正把那关心接力。

我也喜欢《故事、儿童和作家的秘密——走近儿童阅读》这本书的简介，其中写道：

如今，我的愿望是开一家小小的书屋。书屋最显眼的地方，摆放着我的学生们写的故事。在一个不起眼的角落，也放着我自己写的书。

是的，益民兄有一颗感恩的心，他总是把自己看得很小很小，把别人看得很重很重。他为人诚恳，做事认真，我从没听有人说他的不是。我们交往以来，他就像一面镜子，照出了我的不足。虽然我不再称呼他为老师，但是，在心里，他一直是我的老师。我为有这样的良师益友感到高兴，我从心底里尊敬他、感谢他。

2016年3月27日

姚卫伟老师

题记

他好像很少写诗，但却为诗歌比赛写了辅导用书。我想起了他教导我的话：最好什么文体都尝试着写。我也想起了中国的一句古话：技多不压身。

20世纪90年代，狂热的中学生文学爱好者中，没有人不知道“雨花杯”全国十佳文学少年评选。他们都把评上“十佳”作为目标。我就是这样的人。幸运的是，1994年第2届我评上了。

当年11月中旬，主办方江苏教育出版社《全国中学优秀作文选》编辑部在南京举行为期一周的颁奖活动。正式报到后的第二天上午，在南京药物园，江苏电视台为我和另一个同学拍电视片，这是前几届“十佳”颁奖活动的固定节目。中间休息，一位男士主动叫我的名字。我才知道他是杂志社的编辑姚卫伟老师，1982年毕业于南京师范学院（今南京师范大学）中文系，调进出版社时间不长，之前在南京市教育局教研室工作。

颁奖活动结束的前一天晚上，编辑部的老师陆续到我们住的房间话别。我请姚老师在我的本子上留言，他略微思考了一下，用签字笔写下八个字：“同名谐音，文学知音。”

当时写“文学知音”，在我看来，更多的是一种期许和祝愿。颁奖活动期间我和他交流并不多。我在南京上学的头两年，去编辑部多是找与我联系较多的另一位编辑。姚老师和那位编辑在一个办公室，姚老师坐在靠近门口的地方，我一进门先和他打招呼，他抬头说一句“孙卫卫来了”，又继续做他的事。

1996年9月，我国“希望工程”受助生中第一位研究生张宗友来南京大学报到，当时南京的报纸连篇累牍宣传。有一天我去编辑部，姚老师好像等我很久似的，他站起来很正式地对我说：“杂志从明年开始要开一个新栏目，你能不能采访张宗友，给我们写篇稿子？”那个时候，我四处投稿，很少有人约稿，终于有人约稿，我求之不得，连忙答应下来。

为完成任务，我特意到南京市新街口百货商店花近400元买了一台日本“三洋”牌小型采访机。采访机放在南大南园小树林的石桌上，我和张宗友分坐两边。当时央视访谈节目《东方之子》很火，我和张宗友一问一答，感觉自己好像成了《东方之子》的主持人。初稿写好后，修改多遍，一笔一画誊抄在稿纸上，然后骑自行车送到编辑部。姚老师看后很满意，印象中并没有增删多少，列为1997年第1期杂志的重要文章。

那次约稿之后，我一去编辑部，他就主动和我说话。慢慢地，我和他交谈的时间比其他编辑都多。主要还是谈读书和写作，他鼓励我多写，最好什么文体都尝试着写。那个冬天，我觉得自己的写作水平提高很快，好像以前苦苦找不到写作的大门，经他点拨，就一下子跨进了门槛。虽然我上学的地方距离编辑部很近，我还是喜欢给他写信，汇报我在读书写作方面的心得，同时，郑重表达我对他的感激之情。

大三结束，按惯例，中文系学生多数会选择去报社实习，目的是发表文字作品将来找工作时给用人单位展示。我已发表了一些文章，想留在学校方便找工作。和姚老师商量后，我将《全国中学优秀作文选》编辑部作为实习单位。

我不用天天去编辑部，快要编发下一期杂志，就到编辑部初选一些稿子，拿回宿舍再编辑。我重视挑选，不太习惯大删大改。这和后来读到的孙犁的编辑思想是吻合的。孙犁说：“作者原稿，可改可不改者不改，可删可不删者不删。不代作者作文章（特别是创作稿），偶有删节，要使上下文通顺，使作者心服。”当时我没有这么明确的认识，我只是想，是人家写的，我若改得过多不就成我写的了！

姚老师放手让我做，我编辑的稿子每次都得到他的表扬，同时受到读者的肯定。有读者来信，称赞某期刊物编得好，还提到一些作文的标题。我窃喜，读者所称赞的那些作文，正是我选编的。读者不知道我在其中做的工作，因为我的名字没有署在刊物上面，但我并不在乎这些。

定稿那天必须去编辑部。有时工作晚了，误了饭时，姚老师提议到楼下附近的小饭馆会餐。虽都是家常菜，但对正上学的我来说，却是改善伙食的极好机会，好多菜像浇汁锅巴等以前连听都没听过。

可能是为感谢我的劳动，姚老师经常送我一些编辑部的稿纸和信封。这是我的最爱，不舍得用，我幻想将来成为真正的编辑，用它们给读者回信、给朋友写信、给报刊投稿。

1998年元旦，姚老师所在的出版社工会组织在山西路电影院看电影。那时没有手机，他和我早早约好在电影院门口见。他家离电影院很远，我到了，他还没到。正当我眼巴巴四处张望时，他喊我的名字。别人多是带家属，他带我。那天放的是冯小刚的贺岁片《甲方乙方》。此后，每当岁末年初，我就会想起看电影的事，想起电影末尾的台词："1997年过去了，我很怀念它。"

临毕业时，我从姚老师那里打探有无留下来工作的可能，他积极争取，未成。后来，江苏教育报刊社有意接收我，他们给他打电话，了解我在编辑部实习的情况，他说的全是好话，一再强调："我们出版社要研究生，孙卫卫不是，否则，我们第一个就要他了。"后来，北京的新闻出版报社愿意录用我，我去编辑部告诉他这个消息，他特别高兴。那天中午，他留我在他们食堂吃饭，好像还上了啤酒。他和编辑部的人都向我祝贺，说现在这个结果，比留在南京更好。

我视南京为第二故乡，工作后，每次“回”南京，只要时间允许，都会去看他，有时候是去单位，有时候是去他家。每次他都请我吃饭。冬天他和阿姨送过我羊毛衫，那时我刚参加工作，收入低，衣服能凑合就凑合。阿姨看到我说：“你穿得太少！给你姚老师这件，他还没穿，你穿吧。”我推辞，他们硬塞进我的包里。从他们家出来，天已黑了，公交车上没几个人，路灯的光时不时照到空座位上，看着窗外万家灯火，想着在异乡有人如此关心我，全身一下子暖和许多。

2002年年末，他竞聘成为《全国中学优秀作文选》主编。上任不久，为提高刊物质量，到北京走访名家，晚上住在我的宿舍，我们聊到深夜，谈杂志未来的发展，谈我的工作以及对我工作的建议。他当主编后，开启了《全国中学优秀作文选》的黄金时期。他做主编15年，如此之长，之前没有过，之后恐怕很难被超越。

这15年里，出版社其他期刊的发行起起伏伏，唯有《全国中学优秀作文选》始终保持在一个稳定的水平线上。我那时在新闻出版报社工作，想探究其中的奥秘。后来发现，他的做法不是每个杂志主编都能学来的，就是说，他的这个模式很难被复制。比如，他到很多学校去讲中考、高考作文，对学生帮助很大，还猜中过高考作文题。他广交教育局局长、校长、语文老师，有时帮人家修改论文，有时帮人家审阅解说词、颁奖词。老师们首先信任他，其次信任他编的刊物。他经常打电话告诉我，又在哪里做了报告、开了讲座。我起初有一点疑惑，因为在我心目中他不是那种咄咄逼人的人，甚至不喜欢说话。参加他主持的两次“雨花杯”中学生作文颁奖大会，我深深被折服。在好几百人的阶梯教室或者大礼堂，只要把话筒交给他，他能把所有人的情绪都调动起来，不管是小学生、中学生，还是老师、家长，都听得津津有味、笑逐颜开。是他做主编后边干边提高，还是他原来就有这方面的才能，只是没有激发出来？

2005年春天，我买房，为凑齐首付款，想从一些关系还不错的老师和朋友那里借钱，不好意思打电话、发短信，怕一下子被拒绝，就写信。给他也写了。他收到信后，很快打来电话，同意借我3万元。那个时候，3万元不是小数目。我特意坐火车到南京去取钱。多年后才知道，他那时也在买房，同样需要钱。

他多次邀请我参加他组织的江苏省中小学诗歌竞赛。我想去，因为工作忙，始终未能如愿。没想到这项看似普通的活动在他的主持下，影响越来越大，最近几届每次都是十几万人参加。他好像很少写诗，但却为诗歌比赛写了辅导用书。我想起了他教导我的话：最好什么文体都尝试着写。我也想起了中国的一句古话：技多不压身。

他50岁后考了驾照，买了车，我没见他开过。我去南京，他都是骑电动车到我住处，让我坐在后座，带我去吃饭，带我去会场，像风一样。拐弯和遇到下雨天，我老觉得车要滑倒，好在每次都有惊无险。

他退休后，几乎和做刊物主编时一样忙碌。新冠肺炎疫情前每年应学校邀请做无数场讲座。出版了十几种书，发行近300万册。随笔集《师道》多次获奖。《姚老师语文读本》除在江苏大范围使用，还被江西省教育厅选中在全省推广使用。每次他打来电话，我都请他多保重身体。他的观点是，要辩证地看保重身体和工作的关系，既要注意身体，也要趁有精力还可以多去工作，因为人生太过短暂。

我们交往已近30年。我认识他的时候，他刚刚40岁，比今天的我还要年轻。在南京，我有许多老师和朋友，但认识这么久，关系这么密切，像亲戚一样常来常往，姚老师是为数不多的人之一。

我多次想问他，当年我怎么就会被评上“十佳”？因为当时全国比我能写、比我有名的中学生小作家多了去了。他在不同场合对我说过这样的话：“我们看重的是你对文学的热爱，还有你的人品。”我想这可能是他和其他评委投我票的原因吧。

我没有辜负他们，我一直在写。

2023年4月6日

陆三强先生

题记

我为什么会伤感呢？伤感时间的流逝。岁月执着、刻板又无情。当我们到了开始在意它，想让它放缓脚步的年纪时，青春的尾巴早就跑远了。伤感今后不能再和他合作在未来出版社出书。接力棒会传到下一任手上，我相信我们也会愉快合作，但已不再是他。

和未来出版社总编辑陆三强先生聊书的事，我说他早年参与编写的《写作艺术大辞典》，现在某旧书网上卖到了300多元。他说："是吗？我还真不知道，没多留几本，都送人了。你要喜欢，把我的送给你。"我推辞。他说："我过了年就退休回家了，留着也没啥用。”

“真的吗？不可能吧？”我没想到这一天会这么快到来。

他说：“是。送给你留个纪念。”

我有些伤感。

我和陆总很熟。很早就知道他是陕西出版界的中青年骨干。2010年11月，陕西出版集团邀请浙江少儿出版社孙建江老师和我到西安，与未来出版社和陕西教育出版社部分编辑座谈，那是我第一次见陆总。一天晚上，在我们住的曲江惠宾苑宾馆大堂，谈及我大学毕业阴差阳错没去成未来出版社。他说：“我听说过这个事，是出版社闹了乌龙，社里经办的人不知道还要提前申请用人指标。”

2012年11月，他到北京办事，顺便看我，希望我在未来出版社出书。我说：“我是读着未来社的书长大的，能在家乡的出版社出书，是我的荣幸。”再次见面，又是两年后的11月，在西安。那是我第一次见我的书的责任编辑马鑫女士，陆总指着她笑着对我说：“她和你一年大学毕业，后来要了她。”

2015年，陆总和崔文川先生策划了一套书话集，想编一本我的。是崔文川先生先向我约稿，后来陆总给我发短信，他说：“这些天一直没和你联系，怕给你太多压力。”那段时间，我正在赶写未来出版社的《感触生命主题绘本》，编辑马鑫总是变着法子催我交稿。另有一本儿童小说选题《装进书包的秘密》，也要在他们社出，列入了“中国文艺原创精品出版工程项目”，未写一个字。我想整理一本和书有关的日记，因为拖拉，到后来还是没整理出来。

陆总知道我喜欢书，出版社有好书都会想着我。他策划出版了一本高建群先生的散文集，得知编辑马鑫要给我寄，一大早跑到高建群先生工作室，请高先生给我签名、题词。我在其他社出的书寄给编辑马鑫的同时，会送陆总一本。他经常对马鑫说：“咱们到时出卫卫的书，也要出得这么漂亮。”

2018年7月，第28届全国图书交易博览会在深圳举行。未来出版社要在陕西展台举行《感触生命主题绘本》首发式，我应邀从北京飞到深圳。他和编辑马鑫到机场接我，给我准备了一大束鲜花，我说：“这么隆重，让我很不好意思。”等把我安顿好，他们再回到住的酒店，差不多快夜里一点。首发式虽然规模小，但是，有曹文轩老师等重要嘉宾和主管部门的领导参加并讲话，紧凑而热烈。陆总在背后做了很多细致的工作。

2019年7月，第29届全国图书交易博览会在西安举行。借助天时地利人和，出版社在展场的最大舞台举办了《装进书包的秘密》首发式，之后的签名售书持续了很长时间。这应该是那届图书交易博览会最隆重的活动之一。陆总功不可没。对于这本书，他发自内心地喜欢，他说在审稿时几次泪流满面。他在书的简介中加了“催人泪下，感人至深”8个字。我后来觉得还是低调一点好，建议删掉。

2020年6月，《装进书包的秘密》入选“2020中国出版协会儿童阅读好书榜——生命教育主题”图书。主办单位在北京朝阳公园举办颁奖会，陆总特意从西安赶来参加。他希望我也到现场。那天我有紧急任务要去单位加班，他觉得遗憾但也理解。2021年，此书入选《出版商务周报》“2021年度桂冠童书”。这一次我和陆总一起参加了颁奖会。他想晚上和我一起吃饭，但是，那几天着急要给买房的人腾房，会议一结束，我就急匆匆往家赶，又没和他吃饭。

2020年1月11日，我在微博重发了多年前的一篇日记。大意是："如果以后有可能写一篇有关中国足球的小说，第一句，我肯定会这么写：中国足球又输了。"陆总留言："一定写，我们出。"他怕我没看到，过了几天又发来微信："足球的小说一定要写啊！我们来出。"

2020年8月，陆总加入中国作家协会。我发信息祝贺他跨入作家的行列。他回复："很惭愧。你是真正的作家！我只是希望能多为作家做好服务。"

我和陆总好像又不熟。这是因为我们见面的机会很少，见面又多是谈工作，谈即将要出的书，很少聊别的话题。看到他主编了《树新义室学记：黄永年的生平和学术》一书，我才知道他在历史文献学（古籍整理）研究方面很有造诣。他1984年从陕西师范大学中文系毕业后，就随著名古籍整理专家黄永年先生学习、工作，著有《乐府雅词校点》《唐鉴校注》等，并与张萍合著有《唐才子传选译》，主编文白对照全注全译《资治通鉴》（中国文史出版社）等。10年前他赠我《乐府雅词校点》一书，这是他在陕西师范大学古籍整理研究所工作时写的，收在《新世纪万有文库》，1997年由辽宁教育出版社出版。可惜我古文功底差，收到后就束之高阁。他还是书法碑帖收藏家，有20多年的碑帖收藏史，专著和论文不少。我想起，我们第三次见面，他好像送了我一张碑帖拓片，那几年，我对此类东西兴趣不大，不知道后来被我夹在哪里了。

在古籍整理研究所工作8年后，陆总调到陕西师范大学出版社做编辑，后任办公室主任、总编办主任。1998年，被当时的未来出版社社长侣承军先生作为人才挖了过去，从此成为未来出版社的一员。后参与陕西出版集团组建。2010年8月，再回未来出版社任总编辑。我当年要是去了未来出版社，应该会在陆总手下做一名称职的文学编辑或者室主任，我会在他的领导下策划很多好书。他也是爱书人。

陆总的爱人张萍本科读的是陕西师范大学历史系，选过黄永年先生的课，研究生毕业后也到古籍整理研究所工作，后在历史地理研究中心在职读了博士，博士论文《明清陕西商业地理研究》获得“全国百篇优秀博士论文奖”。曾在哈佛大学访学，获得的奖励和荣誉无数。2016年，从陕西师范大学调入首都师范大学，现为该校历史学院教授、博士生导师。

陆总如果不做出版，他也许会和爱人一样成为国内一流的专家学者。

陆总说，他退休后就来北京居住，到时候和我一起喝酒。

我为什么会伤感呢？伤感时间的流逝。岁月执着、刻板又无情。当我们到了开始在意它，想让它放缓脚步的年纪时，青春的尾巴早就跑远了。伤感今后不能再和他合作在未来出版社出书。接力棒会传到下一任手上，我相信我们也会愉快合作，但已不再是他。伤感他退休前，我们一起努力想拿下一个大奖，最终没拿下。若是如愿，无疑会为他的编辑出版生涯画上一个圆满的句号。

文学家萧伯纳说："60岁以后才是真正的人生。"《光明日报》原来有一份刊物叫《老人天地》，后改名《新天地》。陆总从未来出版社的岗位退下来，对他来说，也是进入了自己的新天地，他终于有更多时间和精力从事他曾经的职业和爱好。我相信，他依然会有一个至美的未来。

2023年1月16日

篆刻家王满平

题记

他不但是篆刻家，还是画家。那些兰花，那些山水画，寥寥数笔，让人浮想联翩。正如他所说的“画兰之妙，气韵为先”，他是倾慕兰的高洁，才如此投入吧。我也把他想象成山水画中的那个隐居的君子，甘于平淡，与山水同乐，乐而忘忧。

写这篇文章前，我特意翻看了和王满平兄交往以来的日记，其中一天是这样记录的：

收满平兄快递来的印章。他已为我刻了好多方。这一方是我特意请他刻的。9月9日发短信告诉他想刻的内容，9天后就拿到实物，真是神速。满平兄能写，能画，能刻，真是神人。

印章刻的是什么字，我已不记得，因为他给我刻的太多了。有的是我请他刻的，有的是他主动给我刻的。

大约10年前，我和满平兄在网上认识。是谁先联系谁，不好再去“考证”。我博客文章的后面，经常有他的留言。他博客所发的篆刻，也有我的赞语。我是真心喜欢他的作品。我少年时鼓捣过篆刻，在橡皮上刻，在木头上刻，始终没有学成，所以，我对会篆刻的人，一向都是高看一眼的。篆刻让我们相识，篆刻拉近了我们的距离。

他不但是篆刻家，还是画家。那些兰花，那些山水画，寥寥数笔，让人浮想联翩。他赠给我的第一幅画，好像就是兰花。正如他所说的“画兰之妙，气韵为先”，他是倾慕兰的高洁，才如此投入吧。我也把他想象成山水画中的那个隐居的君子，甘于平淡，与山水同乐，乐而忘忧。

再后来，QQ、微信联系多一些。我有时想，如果没有现代化的网络，我估计他也会给我写信，我会及时回复，我们经常通信，成为很好的笔友。

一开始，我没好意思请他为我刻章，我不想给他添麻烦，他每天都要忙工作，还要画画和篆刻。但他还是主动给我刻了一方，从千里迢迢的安徽快递过来。我有不少闲章，多是在市场里的商铺找人刻的，大多要讨价还价。别人想着要给我刻，这是头一次，那些天感动得我一看到好朋友就说这个事。

满平兄在篆刻之前并没有询问我要刻什么字，刻成阴文还是阳文。我想，他可能是留意我平时在他博客的留言，我是很喜欢他刻的那些阴文的印章的，他记住了，刻成了阴文。

还有一次，他发来短信，说："看兄博客，得知想刻一方闲章'放下'，我刻好已快邮。印石为普通，印文为朱文。望兄喜欢。"

我就是那么一写，谁想他当真了。他是想给我一个惊喜吧。我先收到的是印章，然后才是他的短信。收到印章我还奇怪：他怎么知道我喜欢这两个字呢？

我真是喜欢他刻的这两个字。我更感动他的细心和认真。

我们很少打电话。这么多年，好像只通过一次话。还是他打来的，是一个初冬的晚上，他可能是在和朋友聚会，提起我，称赞我。在电话的这头，我很不好意思。他希望我有机会到他们那个地方走走，我说好好好。

我有新书出版会及时寄他，一方面，是对他给我刻章的回馈，一方面，想听听他的意见。我知道他也爱好写作，发表过文章。他收到书后，经常很快写来评论，质量上乘，几乎不用修改就可以发表。我的《喜欢书》将要出版时，我给他发去PDF版，想让他先睹为快。他下载后却看不了，原来他没有用过PDF软件，下载、安装，一直折腾到夜里12点。他的这本书里，有关我的书评就有7篇，真是不算不知道，满平兄居然为我写了这么多评论！那是一页页翻看后写出来的，那是一个字一个字敲出来的，得花他多少时间啊！

《喜欢书一编》出版后，我觉得和《喜欢书》内容相同，没有寄他，他不动声色从网上买了多本让我签名。我说："早知如此，我送你，这样多麻烦。"我在他寄来的书上郑重签名，盖他给我刻的章。

我高兴他也要出书了。我曾建议他：篆刻第一，画画第二，写作第三。前两项，他已用一个个奖项和朋友的赞誉做了证明，现在又要用一本书对自己的写作进行阶段性总结，我觉得是有意义的。

读满平兄的这些文字，我仿佛跟随他在皖南的老街徜徉，他和熟悉的人打着招呼，我也对他们频频点头。我们走过了启蒙他学习篆刻的小店，走过了给他带去快乐和知识的小学，也品尝了他家乡的蜜枣和咸菜，我们也不忘去旧书店淘书。他的文章朴素自然，直抒胸臆，可以看出他的爱憎分明。文人大都看似柔弱，但是他们的内心很丰富、很强大。满平兄是真文人。

有人会问，工作生活那么忙，为什么还要写作？看了满平兄的这些文字，我想答案就是：我们所面对的既有物质的世界，也有精神的世界，这两个世界缺一不可。若干年后，再看这些文字，我们好像又活了一回。满平兄同意我的这个看法吗？

满平兄工作和生活的宁国市距离浙江杭州很近，我在杭州出差时，想起过他，想去看他。看了他的文章，我真想早日到宁国走走，实现我的愿望。看看他怎么作画，看看他怎么刻章。我小时候，就喜欢站在刻章的人边上，看着他一点一点刻好。那一定是快乐的时光。

2019年11月26日

非同一般的“巡阅使”

题记

安兄爱书如命，也是“书店巡阅使”。“花园巡阅使”把他从书房引到大自然，让他感受到了生活中的更多美好，也磨砺着他的性子，使它变得刚中带柔。一个安兄，两个“巡阅使”身份，真是非同一般。

2020年5月的一天，安武林兄发来微信，问我在家养花不。我说：“什么花？家里有绿植。”他说，他种有很多翠菊、格桑花、月季、萱草，还说萱草就是黄花菜。我说：“我没院子，能在花盆里养吗？”他说：“花盆可以，我有花盆，花开了，你看看，喜欢的，我分你。”

如果没有新冠肺炎疫情，那个时间，他应该在全国各地巡回做阅读推广的演讲。面对着成百上千的中小学生，他用不很标准的普通话，可以把他们逗得趴在地上乐不可支，可以让他们笑后都一致称赞这个头发不多的安老师、安叔叔、安伯伯、安爷爷还真有两下子，要写好作文，不但要听他们老师的，也要听安老师、安叔叔、安伯伯、安爷爷的。我猜想，可能是因为疫情，他只能在家里地下室大书房看看书，在院子里种种花，为的是打发时间。

他的块头，他的性格，像种花的人吗？想象他硕大的脑袋、巨大的双手，在院子里侍弄小小的花草，就觉得滑稽，好像猛张飞在绣花。感觉他更适合去山里种一棵棵大树，或者到大沙漠、戈壁滩上去呼风唤雨、改天换地。

后来才知道安兄种花年头不短。住的一楼院子里有块空地，他不想让它闲着，就种了很多花花草草。播种、浇水、施肥，弄得有模有样，屡有心得，真像园丁。出差在外，也留心各地的花花草草，看来，他真是一个爱花的人。作家老舍也是一个爱花、喜欢养花的人，老舍在散文《养花》中写道："在我工作的时候，我总是写几十个字，就到院中去看看，浇浇这棵，搬搬那盆，然后回到屋中再写一点，然后再出去，如此循环，让脑力劳动和体力劳动结合到一起，有益身心，胜于吃药。”这样的好处，安兄一定切切实实体会到了。

安兄几次邀请我到他家里拉花，顺便小聚一下。因为疫情或临时有事，至今未成。我说：“你先替我养着吧。”寒暑易节，花开花落，如果那些花草会说话，肯定早有意见了：“我们虽不都出自名门，但身份也不低，怎么就送不出去呢！看来，未来的主人还是不识货!”

看到安兄这本写花花草草的书，我仿佛也站在他的园子里，观看着它们茁壮成长。安兄像一个指挥长，一一指给我，介绍它们的名字和培育之道。这些花，我多是第一次听其名、观其样。我如果喜欢，安兄会很大方地送给我。极个别的，如果不舍得，他会说：“这个你养不活。”就像我很多次在他的书房，他炫耀他的藏书，很得意，又怕我掠走他的最爱，说：“这本，你没兴趣。”“这本，不对你胃口。”

地球上的植物千千万，我们不可能也没必要把它们认全，但是，多认识一种总是好的，特别是对身边的花草不能熟视无睹。

否则，只因叫不上名字，每次给人介绍或者写作文，很可能是那朵白花开了，那朵红花谢了，那个长得像什么的草又绿了。安兄这本书，首先让我们认识了众多的花花草草，知道了它们的生活习性。它们都是人类的好朋友。其次，教会我们怎么去写花草、写景物。这就是观察和描写。同样是养花，同样是观察花，为什么安兄能写得引人入胜，不能不让人佩服他的水平和能力。他是一点一点修炼达到的，我们要学，这本书可以提供很好的借鉴。

书名是《花园巡阅使》，让人不由得想起“书店巡阅使”。我第一次知道“书店巡阅使”，是看了出版人、生活·读书·新知三联书店原总经理范用先生的文章。范先生年轻时爱逛书店，在重庆的读书出版社工作时，每天都到书店街遛遛，到书店看看，同事给他起了一个外号叫“书店巡阅使”。安兄爱书如命，也是“书店巡阅使”。读书改变了他的命运，指引着他从乡村走到城市，从一个懵懂少年成长为一名成绩显赫的作家。如今，他又成为“花园巡阅使”。“花园巡阅使”把他从书房引到大自然，让他感受到了生活中的更多美好，也磨砺着他的性子，使它变得刚中带柔。一个安兄，两个“巡阅使”身份，真是非同一般。

我决心等天凉快了，全家一齐出动，到安兄的百草园参观，再把他早就为我准备好的花草树木拉回来。

张飞绣花——粗中有细。

安兄养花——全心全意。

"全心全意"是说安兄养花，不是为了作秀，不是故作风雅，而是真心喜欢、全心投入。我相信还有比"全心全意"更准确或者更俏皮的词，熟悉安兄的朋友会有更高明、更好玩的答案。答案让人期待。

2022年8月11日

怀念远光

题记

远光微信的签名是“不想放弃”，除了不想放弃生的希望，还有他对新闻的热爱吧？

7月30日上午9点多，远光的老乡王尖在《中学生文萃》微信群里说远光病危，希望大家为他祈福。这个消息让所有的人震惊，因为此前从未听过远光生病的信息。我昨天夜里还看到远光在微信朋友圈发帖，要把他的网站转给他弟弟，希望大家继续支持云云。我问王尖是怎么回事，王尖说是肝癌晚期，已经没意识了。稍后不久，传来噩耗，远光离世，年仅40岁。

我与郭远光1996年在《中学生文萃》杂志的夏令营认识，但之后我们几乎没什么联系。后来他办中国新闻人网站，给我发过消息，希望我能在报纸上登一下。他让我给他的网站写稿，我因为工作忙，好像也一直没有写。

有一年秋冬之交，他来北京开会，辗转到报社看我。那时候从市中心到我所在的报社很不方便，他应该是换了几趟车才找到我的。我带他吃饭也是坐了几站公共汽车才找到一个地方。他给我带了他参与编辑的一份杂志，已经忘了里面是有我的文章，还是介绍我的书的文章。

他是专程来北京参加一个网络大会的，在去吃饭的路上，我劝他这样的会以后少参加为好，大都是草台班子想各种办法赚钱的，实际意义不大。我还劝他不要在网站上花太多精力，网站要实现盈利，太难了。

他办的中国新闻人网站越来越红火，经常举办一些活动，可以想象他付出的努力。他曾经希望我担任网站的编委，我说我的身份不合适，就谢绝了。以后我们联系更少。

最近一次见面是在2013年春节假期，一年一次的《中学生文萃》文友聚会，以前他好像很少来。我们有很多年没见了，他更清瘦了。他带来了他主编的刊物，里面刊登了一篇介绍我的文章。我赠他一本我的《喜欢书》。

在此前后，我才知道他一直未成家，日子过得很清贫。分手时也只是对他说了多保重之类的话。

每个人有每个人的活法，但是，如果远光还活着，我肯定会劝他最好能找一份稳定的工作，要谨慎创业。他是西北政法大学毕业的，找个稳定的活儿干，问题应该不大，也不会那么辛苦。我也会劝他早成家，一个人生活太苦。

我估计前面那两条，朋友都跟他说过，且不止一人，不止一次，他可能听不进去。用我的另一位文友刘增锋的话说，远光这个人太犟了。

远光去世后，我才从朋友处得知，他的病已经有很多年了，但是，作为他的朋友，我从来不知道这个信息。我问了好几个人，他们也不知道。可见远光的要强，他不想让别人轻视他，不想麻烦大家。

最近一年，我看到他一直发布要把网站转让出去的信息，难道他也清楚他生命的时间不长了吗？

远光微信的签名是“不想放弃”，除了不想放弃生的希望，还有他对新闻的热爱吧？

40岁，的确太短暂，太可惜了。

11点45分，我给远光发去了最后一条微信：“远光兄弟，多么希望你能看到这条短信呀！一路走好！”

我再也收不到远光的回复了。

2016年7月30日

他的笑永远没了
——怀念张珂先生

题 记

他说："苏东坡等古人人性的光辉一次次感动了我、震撼了我、洗涤了我。我想如果没有心灵深处的感动，就创作不出好的书法作品，书法理论亦复如是。"

"中国新闻社高级记者、陕西分社社长张珂同志于2019年9月18日凌晨，在西安突发疾病去世，终年54岁。"

在微信朋友圈看到这样的消息，我惊讶地叫出声来："天啊！怎么会呢？"

真希望这是假新闻！

上个月底，我还与他微信联系。我代一个报纸约他写专栏。他回复："报纸电子版拜读，获教颇多。我目前手头的事比较杂，恐难连续。待过一段时间，自我感觉尚可时，再求助卫卫兄。非常感谢关心，谢谢！"

我建议他写出一两篇后告诉我。他同意。

之前，我为那个报纸《代表委员文苑》栏目约他的书法作品，他通过微信发来一些，我转给编辑。编辑觉得作品时间太久了，没有发。

为什么要约他的书法作品呢？我从朋友圈看到作家杨争光的文章《读张珂的字》，想起了他。他是我的朋友，但我们联系不多，他很少在微信朋友圈发文字，我常常把他忘记。

很多年前，我没少打扰他。老家有难事，我会给他发去短信，他都积极出主意、想办法，还介绍他的朋友给我讲政策。我请他帮我刻过两枚闲章。我是寄钱还是寄小礼品给他，已经没一点印象了。我的新书出版，请他帮忙在分社网站发书讯，他很快安排，并给我打来电话。

我们交往以来，我为他做了什么呢？

好像只有一次，我在报社工作时，在美术版介绍过他的书法作品。那时我们刚认识，他是我的好友安武林的大学师兄，武林兄经常说起他，武林兄回西安，请朋友吃饭，我才知道他是书法家。我说："你有新闻工作者这个身份，我们的报纸可以选登你的作品。"

第二次见面，是2012年我回西安，朋友请吃饭，我请他过来。

好像就见过这两次面。

我忘不了他的笑，很纯真，似乎有点像淘气小男孩那种坏坏的笑，但又不全是。两次在饭桌上，他都抽烟，烟瘾不小。

书法理论专著《意造宋代》是他的心爱之作。他说："苏东坡等古人人性的光辉一次次感动了我、震撼了我、洗涤了我。我想如果没有心灵深处的感动，就创作不出好的书法作品，书法理论亦复如是。"他把这本书当作他的另一个孩子。初版时，女儿19岁，要远渡重洋学习。6年后，这本书再版，女儿已从海外学成归来，女儿也出版了《鸡尾酒日记——家中也有诗和远方》一书。

女儿可能还没有披上婚纱。女儿披上婚纱的那天，如果父母在旁边，该是多么美好的画面。可惜他缺席。但是，他对女儿的祝福，女儿一定能感受得到。

朋友活着的时候，我没有珍惜，当他离去的时候，我想起他的很多好，我很难过。

在西安，在北京，在很多地方，我还有不少这样的好朋友，我要多走动，我要对朋友更好，这样，当我老了的时候，才不会感到后悔和遗憾。

杨争光说："如果书法还能比较的话，最终比的一定是书家的品质。品质是综合的，也包括性情、才情和学养。张珂拥有这些东西，他是饱满的，用不着作怪，他写得自信、写得纯粹、写得自在。好字，还有另外一种写法吗？我不信。"

张珂兄，在天国，您仍是书法家和新闻人。

2019年9月18日

木匠爸爸

题记

爸爸不止一次地说我："在学习上，你不要不懂装懂，不会就告诉老师，老师不会，我到北京给你找能人。"

1

爸爸的老家在河南，在河南生活不下去，他跑了出来。

先是扒着运煤的火车到甘肃，发现那里比老家还穷，又扒着火车回家，路过陕西，看到这个地方还不错，就从火车上跳了下来。

他跟比他大不了几岁的一位匠人学木工，出师后，挑着一副担子走乡串村，给人做零活。

外公放过话，想招一个上门女婿，别人介绍，爸爸就来到了我们家。

爸爸不会说陕西话，生产队里集体干活，他一张嘴别人就笑话他，有人还学他说话。他也不是干农活的好把式。他提出，每天给生产队交一点钱，只要放他出去就行。

他找了几个人，从镇上的供销社开始干起，维修桌椅板凳、盖房子。

我们家最多时有9口人，只有爸爸和外公两个男劳力，挣工分少，家里一直很穷。我满月时，爷爷专程从河南赶到陕西，家里连给爷爷做一顿面条的小麦面粉都没有，只好挨家挨户在村里借。

2

我的婴儿车是爸爸用木头做的。正月里，我的纸糊的小灯车也是爸爸用木头做的。还有爸爸做的木制的大刀玩具、木制手枪。

我羡慕小朋友们从商店里买的玩具，不喜欢他做的玩具，觉得太土。

他能把大树锯成木板，然后做成门窗、家具。

别人羡慕他的手艺，我并不觉得他有什么了不起。

我跟着爸爸的徒弟抡斧头、扯大锯、推刨子。我把他们的工作当成了我的游戏，干得有模有样。

爸爸从不教我，他也不让他的徒弟们教我。他不愿意让我跟他一样长大后当木匠。

我给叔叔们打下手，他用眼睛瞪我。

3

暑假，他去西安出差，有时会带上我。他经常把我放在临时住的地方，很晚才回来。我一个人去商场，一个人看柜台里琳琅满目的商品。我希望他能买一个大西瓜回来，他总是买甜瓜，说是甜瓜可以连皮带籽吃掉，不浪费。

我们一般是去街上的小吃店吃一碗面条，如果改善生活，会去大一点的饭馆点一盘水饺，从来没有喝过啤酒，也没有点过凉菜，看也不看，想也不想，觉得那一切跟我们无关。那家饭馆里挂有“欢迎惠顾”4个大字，以至于我现在只要看到这4个字，就会想起那个饭馆，想起我和爸爸吃饺子的情景。

坐公交车的时候，他只要给我使个眼神，我就明白他的意思，让我藏在他身后，猫着身子，看上去矮一点，为的是不买全票。有时候就混过去了，有时候售票员较真儿，不但让补票，还数落我们，估计小偷被抓住和我们当时的感觉一样吧。我偶尔有逃票成功后的窃喜，更多的是恨爸爸，恨爸爸让我猫着腰。

4

大多时候，是他一个人出差，我们盼望着他早点回来。他回来，可以给我们带好吃的。带得最多的是面包、鸡蛋糕。这些东西，我们可以吃，牙不好的外婆也可以吃。

有时候也会带一两本书或者旅游景点的画册回来。我怀疑这些书是他捡的，或者别人送给他的，让他自己买，他应该舍不得。

他要是长时间没有回来，妈妈会问我："你爸爸什么时候回来?"妈妈觉得小孩说的话最灵验。有一次爸爸回到家，洗罢脸，在院子里坐下来，和外公外婆说了会儿话，去卧室。我要去卧室找东西，掀开布帘子，看见他站在妈妈身后，双手抱着妈妈。妈妈看到我，红着的脸更红了，她推开爸爸。爸爸发现了我，松开了手。妈妈假装很生气。

那时，爸爸不到40岁，妈妈30岁。现在想想，我真不懂事啊!

5

爸爸的能干，远近闻名。

最初的那几年，真是没黑没白地干，因为每月要给生产队交误工的钱，每月按26天算，年节也不例外。冬天冷了，工作时就用废木料在旁边笼团火。夏天，穿着短裤、背心，渴了，头伸进水桶喝几口凉水。吃的是攥不成团的玉米面馒头，还有红薯。外公有一次给他送吃的，看到他这么干，吃得这么差，说："早知道你受这么大的苦，就不让你出来了。"

政策好起来，我们家的日子也一天天好起来。

爸爸从心底里拥护改革开放的好政策。他总是把他的过去和现在对比。他说这么好的政策，如果还干不好，那就说不过去了。

我上小学时，我们那里一砖到顶的房子很少，多是土坯房，我们家不但一砖到顶，还盖起了两层小楼，这样的房子在全乡屈指可数。刚盖好，时不时有人来我们家参观。从那时起，我有了属于自己的房间，偶尔会把要好的同学带到家里，给他看我的床、我的书柜、我的写字台。

很多人把爸爸树为榜样，特别是那些老人，羡慕外公外婆有一个好女婿。这些话传到爸爸耳朵里，他心里一定也美滋滋的。

6

爸爸觉得木匠太苦，他希望我能把书念出来，不再走他的路。

老师不家访，他到学校访问老师。我一看到他的自行车，就知道他来学校了。他让老师一定要把我学习抓紧，该批评就批评，该打就打，还给老师许愿，需要家具、门窗可以找他。

初中，我办文学社耽误了文化课的学习，他打过我，更多的是苦口婆心给我做工作，让我分清主次。

他明察暗访。那年秋天刚开学，晚上，他把院子里的灯熄灭，穿着短裤，蹑手蹑脚到窗外看我是不是还在看和学习无关的书。他把别人写给我的信全部没收了，锁在他的抽屉里，说等我学习成绩提高了，再还给我。

为了我的学习，他专门请了一位老师给我辅导数学，这在当年我们那里，几乎是没有的。妈妈给老师做好吃的，每顿饭都是几个菜。后来又给老师费用，给买布料。他们唯一的希望，就是我将来能考上大学，跳出农门。

有一年，还把村上在城里工作的一位伯伯请到家里，让他给我摆事实、讲道理。

我记得那位伯伯说："照这样下去，将来你只能是一名土记者，要当真记者。"那位伯伯还说："等你学习成绩提高了，我带你去见那些真正的作家。"

爸爸不止一次地说我："在学习上，你不要不懂装懂，不会就告诉老师，老师不会，我到北京给你找能人。"

7

奶奶去世，我们去河南奔丧。新年是在回西安的火车上度过的。

那时候从郑州到西安，要坐近12个小时的火车，头天晚上9点从郑州上车，到西安是第二天早上8点多。

为了给弟弟买过年穿的新衣服，我们一下火车就去康复路批发市场。没有现在的拉杆箱，爸爸扛着大包，在前面走，时不时被人碰一下，有时他也会不小心碰到别人。妈妈和我跟在后面，提着或背着小包。直到中午1点多，还是没有看到合意的。

好看的都贵，贵的我们又买不起。现在想想，那是一个小商品批发市场，能有多贵呢？可就是没买成，悻悻而归。我想，主要还是不舍得花钱吧。

爸爸扛着大包走在我们前面的画面，一直刻印在我的脑海里。

我们家的钱，是爸爸一刨子一刨子推出来的，也是他一分一分抠着节省下来的。

8

我当时学习成绩不好，爸爸估计我照这样发展下去也成不了什么才，只能在农村当一辈子农民。他决定再盖一座房子给我们。

他是爱孩子的，觉得趁着他还能干，应该给孩子们把房子盖好，他才放心。女孩是要嫁出去的，先不说。两个男孩，一人一座。已经盖了一座，接着又盖了一座。

人说盖房子会脱一层皮，我们家那时候经济状况已经好转起来，但是，也付出了很大的辛劳。

建房子的事包给了工程队，他仍日夜值守，像个打更人。他让我收拾那些下脚料，说是以后还能用，我嫌麻烦，不太乐意去做，他似乎要吃了我，骂我："要你这个孩子有什么用？和家里一点感情都没有！"这应该是他批评我最重的话。

9

我开始有作文在报刊上发表，他很高兴，但还是让我一定把学习放在第一位。他如果有时间，偶尔会看。

我发在《西安晚报》上的文章，是他的朋友看到后告诉他的。我取回报纸，他在炕上一字一句地读。乡上企业办的一位叔叔正好在我们家，那位叔叔和我在边上听。他读到后来，脸色变了，语速降下来，不想再往下读。企业办的叔叔说："你儿子把你送礼的事写到报纸上了。"我说这是编的。爸爸也知道这是编的。但是编这样的文章，他感觉不好。他很在乎他的名誉。

后来，我发表的文章，适合他看的，就让妈妈给他，不适合他看，或者觉得他不感兴趣的，不再告诉他。他有时让妈妈坐在他身边，用他那已经不是河南话也不是陕西话的特有的腔调读出来，还说："你看看，孩子编得多好！"他所说的编，并不是胡编乱造，而是写就是编，编就是写。

他一直有个想法，让我把他当年苦大仇深的故事也编一下。他说，他的故事几天几夜都讲不完，可以拍成电视剧。

10

我上高中后，他就不再打我了，有时对我客气得像是对待客人。我每周六下午回家，只要他在家，就会让妈妈特意做一顿好吃的，他晚上陪我吃。

周日下午返校，他细心得像是我要出远门，千叮咛万嘱咐。有一次，临走时，妈妈问我这周准备拿多少钱，我说20元。他闻讯后对妈妈说："20元能干什么？给孩子取四五十元。"而我知道班上有的同学一周一分钱都没有，多数就拿几块钱。他让我在学校吃好一点，别不舍得花钱，还说学校食堂的饭菜如果不好，中午就到外面餐馆吃。

他一个人到照相馆照了一张全身像，穿着蓝中山装，坐在凳子上，后面是风景画的布景。他跟妈妈说："没想到我这辈子还能娶上媳妇，还有三个争气的孩子。我现在啥心也不操了，就是把身体养好。"

我曾问妈妈家里有多少钱。妈妈说，有5万元吧。那肯定是一个保守的数字，妈妈不会把底交给我。妈妈说，一段时间，爸爸最担心我吸毒。当时吸毒之风在我们那里很厉害，一些人，也包括一些年轻人因为吸毒而走上了不归路，整个家都给败了。爸爸对此特别警惕。

11

我上大学，是爸爸最扬眉吐气的时候。开学收到我的信，他让家里每个成员，包括平时不经常写字的妈妈也给我写信，看得我满眼泪水，想看，又不敢看。

他不再限制我看课外书。家里寄的生活费，我大部分都用来买书了。

我在老家的书房，只要他有朋友或者客户来，他就带他们参观，还说我从小就喜欢看书，给人家讲我以前的事情。他最常说的一句话是："前30年看父敬子，后30年看子敬父。"我的光荣，也是爸爸的光荣。

12

我上高二时，他利用我回家的机会召集过一个很正式的家庭会议，确定下一步我们家的发展计划。他说：“等你们三个孩子都考上大学了，我和你妈妈就可以歇歇了，不再干了。”

他食言了。他争强好胜，把企业办到了城里，还是他的老本行，木制品加工。

他要是一直待在农村也不错，但是，他这个人怎么能闲下来呢？他不下棋，不打牌，觉得这些都耽误时间。他看不惯那些人整天手插在口袋里闲逛不干活，他说干什么就要有什么样子，工人就是做工，农民就是种地，学生就是学习。一年里，只有春节那几天他才休息一下，补一补平日里缺的觉，其他时间都是工作、工作。

每天都早出晚归，过着非一般人的生活。有一年，冬天下大雪，我从学校给家打电话，妈妈说：“你爸爸还没回来，他还没有吃晚饭。我烧开了水，等着他呢！”

过年，我问他：“咱们这么辛辛苦苦干，一年能挣多少钱？”

“大概5万元吧。5万元已经不少了。人都聪明了，钱难挣。”

我说：“5万元真不值得。”真实的情况是，很多年里连5万元都挣不了。

后来，经营不善，还欠了不少债。这也是后来我们生他气的原因。因为他太固执，我们好的建议，他也不以为然。

他唯一听我们的，就是把吸了几十年的香烟戒了。一段时间，我们以此激励他，希望他拿出戒烟的精神改改脾气，可他就是不听。

我们也和他疏远了。

13

他居然患上了阿尔兹海默症。

我送他到医院，称体重他只有90斤，换衣服时，看到他突出的骨头，在医院走廊，我忍不住哭了。看到我哭，他也流下了眼泪。但他还是把他的失败归咎于某些人，而不是从自己身上找原因。

他记忆力减退后，几次在饭桌上，妈妈指着我，故意问他这是谁？

“这是卫卫呀！”他很自信，似乎生妈妈的气，哪有这么问他的？他的口头禅，我怎么会那么傻？

他的一生得益于执着，他的缺点也是太执着。患病后，性子不改，脾气更差。有一年过春节，和亲戚们在一起吃饭，大家有说有笑，他却发起了火，说：“你们不好好工作，在这里聊什么天？我最烦你们不抓紧时间了。”

带他到北京天安门广场参观，他好着的时候，激动不已，他以到这些地方为荣。他后来已不认得这是天安门广场，问他这是哪里？他说是陕西渭南。我们让他再看看，他说就是渭南，还生我们的气，说我们骗他。

去年春节回家，我开车去接他，妹妹问他我是谁，他说，看着面熟。说这话，他显得很羞涩，好像真的把一个老朋友给忘记了。

那一刻，我流下了眼泪。我从爸爸的脑海里消失了吗？

14

2019年9月29日，爸爸离开了我们。

我没有在身边。妹妹从老家打来电话，我第一时间没接到，打开手机，先看到的是微信提示语，我以为是别人出现了意外，妹妹要我们多保重引以为鉴。再看，才知道爸爸走了。

这样的场景我不是没有想过，不是没有心理准备，因为随着他年龄的增长，这一天终究会到来。

当这一天真的到来，还是感到突然。

料理爸爸丧事的那些天，别人安慰我。我说，我没事，我想得开，人总有这一天的，迟早而已。但是，把爸爸安葬后，特别是当我一个人独处的时候，常常悲从心来。即使后来他不认识我，他还是我的爸爸，我可以叫他一声爸爸，他也会笑着答应。可是，现在却不能了。

我想把他经历的事情记下来，把他的感想记下来，把他对我们的要求记下来，可是讲故事的人没了。这个世界彻底没有爸爸这个人了。

15

爸爸为我做的婴儿车还在。那辆车，我坐后，妹妹坐，弟弟坐，几个表弟和表妹也都借去坐。

爸爸写给我的长长的信还在，我准备过些天把它找出来，读信如见爸爸。

我会经常看看爸爸的照片，从照片找寻过去的记忆。

——我爱过，也恨过的爸爸。

我记下爸爸生前的点点滴滴，希望他在另一个世界能看到，我仿佛看到他戴着老花镜在看我的这些文字。

希望他高兴，希望他说：“你看看，孩子编得多好哇！”

2019年12月29日

爸爸百天祭日前夕

老家的房子

题 记

早上，听喜鹊啄我的玻璃窗，让我起床。晚上，看天上的星星，这都是我小时候看过的星星。我也邀请我的好朋友一起到老家游玩，吃老家的饭菜，走小时候曾走过的路。只是，少小离家老大回，有的路我也不认识了。

老家原来的房子，是父亲建的，建房那一年，他38岁。准备时间更早，主要是筹钱和备料。要盖房的地方，是一片低洼地，一下大雨就涝。为了地基结实，两年前，父亲就从河里采集石头。用大卡车从秦岭脚下的小河里拉过，也从30里外的黑河里拉过。

那时，石头在河里，只要你能搬上来就是你的。父亲组织人，前后大约拉了10卡车，一块块从洼地里垒起来。

别人家建房，多是请附近村里的泥瓦匠，我们家请的则是“正规军”——县建筑队的工人。这些人之前给公家建房，改革开放后，经济搞活，他们组成多支小分队，在外面接私人的活。给我们家盖房的领头姓谭，我叫他谭师叔，和工人们理论经常是人家没笑他先笑，工人们也喜欢和他开玩笑，感觉他在哄着他们干活。还有一个姓何的叔叔，晚上他和我一起住在爷爷的火炕上，他有一个习惯，早上起来，先穿上衣，然后拿起旱烟袋，在金属的烟袋锅里装上旱烟丝，吸完后，再穿裤子。当时铺设水泥预制板，通过亲戚请来了县里工厂的大吊车，也许当时全县就那一台吊车，引来村里的人和路人观看。

工人们的三顿饭都在工地上吃。为此，在工地附近搭建了简易帆布篷，至少有两人专门做饭。虽然每次做的都是家常菜，但因为厨师手艺高超，大家都吃得有滋有味。那个简易帆布篷，也是“工程指挥中心”。收工后，父亲经常在灯下在算盘上拨打着盖房子的预算和支出。天气渐冷，晚上也有人到里面烤火、聊天。

新房主体建成后，按照老家的习惯，要放一场电影以示庆贺。是老片《阿凡提》，笑声在夜空久久回荡，许多人都意犹未尽。在回住处的路上，老何叔说一共放两场电影，这是第一场。说得有鼻子有眼，我也信以为真。第二天问父亲，父亲说："不会，咱们就放一部。"对孩子们来说，看电影热闹，又是自己家放，更感到有面子。对大人们来说，建一座房，脱一层皮，地基一打，天天都是支出，能省一点则省一点。

剩下扫尾工程，工人们陆续离去，我心里很不舍得，好像是在和家里的亲人告别。谭师叔和老何叔终于也要走了，他们走的那天，我站在马路边直到看不见人影为止。我的眼泪在眼眶里打转。谭师叔多年后给我们家又盖了一座房，而老何叔从此再没有见过面。

父亲盖的是两层砖房，乡下人统统叫楼房。当年盖两层砖房的并不多，建成后，经常有认识和不认识的人来参观，我们都热情接待。父亲如果在家，他更是得意，因为房子是他设计的，他每次都重点介绍二楼朝南的那个露天大阳台，说："为什么要这么设计？是为了晾晒粮食！"我和伙伴们也喜欢在大阳台上玩耍。

这个房子我一直住到高中毕业离开老家，后来，家里人搬到城里，也不住了。再后来，老家的新房多起来，我们家曾领风气之先的那座房子渐渐落伍，再没有人来参观。又年久失修，以致破败到无法居住。有人从门前经过，不是以前的羡慕，而是说：“当年，他爸爸给孩子们盖了一座房，而现在孩子们却盖不起一座房。”

不是盖不起，是不想盖，因为一年在老家待不了几天。这几年，经常回老家，觉得老家还得有一个落脚点，老家是根据地啊！

把老房扒掉，在原址重盖。

工作忙，再加上新冠肺炎疫情，我没有为新房出过一天力，主要靠家里的亲戚和朋友帮忙，才把它撑起来。建房时，我的年龄早已超过父亲当年的年龄。现在条件越好，我越是理解父亲当年的不易。

上梁那天，妹妹发来一张照片，是村上的两位长辈在我们家新房东边逗乐，母亲在现场，妹妹和小外甥也在，每个人都笑逐颜开。不远处是清晰可见的秦岭。

这么好的老家，我以后要经常回去。把我的一些书和东西也陆续运回去，弄一个大大的书房，写作累了的时候，推开窗，就能看见秦岭。早上，听喜鹊啄我的玻璃窗，让我起床。晚上，看天上的星星，这都是我小时候看过的星星。我也邀请我的好朋友一起到老家游玩，吃老家的饭菜，走小时候曾走过的路。只是，少小离家老大回，有的路我也不认识了。

2022 年 10 月 15 日

微思录

题记

该放下的是要放下，不该做的也不要去做，但是，全部放下就好吗？我看未必。还是古人说得好，恰到好处，过犹不及，不好全都放下，也不好全都放不下。

做人准则

整理电脑里的资料，发现了自己8年前写下的一篇《做人准则》，共10条：一、少谈自己，无论是言谈还是在文章中，别人是不喜欢听的看的，除非是接受记者采访。二、不迁怒，不贰过。

三、说到做到，做不到就不要说。四、能马上办的，不拖后；今天能处理的，不拖至明天。五、衣服干干净净，做人也要干干净净。当你离开的时候，不要给人家留下指责和批评的口实。六、利益面前，多想别人。推己及人。七、专注于自己的工作和写作，与此无关的少参与。八、写序、题词，能推掉的尽量推掉。少参加研讨会。九、无欲则刚。不求人，自己便会很强大。十、一切节约归根结底是时间的节约。浪费时间的事情尽量少做直至不做。

以上10条，有的到今天也没做好。比如，总是想着把一件事情做完美，想找整块时间来做，或者等把某件事做了再做某事，其实，哪有那么多整块时间？往往是这个还没开始做，下个事情又来了，原定的工作就拖下来。一件事，不管是大是小，还是要先做起来，再说做好。

朋　　友

我的朋友不多，我也不想多。十几年、二十几年还能继续走在一起的，应该是真朋友。朋友身上的闪光点，让我见贤思齐。

小时候抄马克思关于友谊的名言："友谊需要用忠诚去播种，用热情去浇灌，用原则去培养，用谅解去护理。"当时似懂非懂，现在看这句话真有道理。不按这句话做的，友谊都长久不了，有的也许都不能叫友谊。

岁尾年初，我都会为结识新的朋友感到高兴，也为老朋友的渐渐远去而难过。远去有我的原因，也有对方的原因。有时候也说不上是什么原因。

我帮很多朋友做过的事，朋友要是不提，或者我不翻看从前的书信、日记，我自己也不会想起。比如，很多年以前，朋友的孩子需要一种药，我辗转坐公交车到医院挂号、排队去买。朋友需要当地买不到的教材，我到他说的专门书店去买，这家没有再找另一家。冬天迎着风，夏天顶着太阳。我认为这是对朋友的应尽之责。只是，今天如果有人还提出这样的要求，我肯定要掂量有没有必要去，我得考虑这样做值不值。

我是不是变得世故了？也不全是。我想起马克思关于友谊的论述。

读　书

春秋战国时期，文字都是刻在竹简上，“学富五车”，换成今天的书其实并不多。古代可能是因为典籍少，所以要反复阅读，而今天书太多了，对大多数人来说，只能走马观花，不能走心。

我经常说，一个作家只要不犯法、不违反道德规范，对生活体验得越多越好。我现在的问题是，精读太少，经常有“书到用时方恨少”的感觉。现在每年出那么多书，绝大多数没时间去看，当然，也没必要全看。但是，怎么把书由厚读薄，由薄读厚，对我们是考验。有的人读书不多，读过的都是精华，且都被他吸收了，这就比囫囵吞枣读千本万本要好。我如果喜欢一个作家，往往把他的作品翻来覆去地读，每天都读，感觉学习的效果就很明显。我曾在地铁里看到一个女孩抱着《中日大词典》一直在看，旁边发生什么对她丝毫不影响。她也许是为了考试，也许是为了工作，但以这样的精神去读书，真的让我感到震撼。我们如果能把高考前的那股劲头拿出来一直学习、读书，那肯定会战无不胜、攻无不克。

祖　先

我曾在一本儿童小说中写了儿子和父亲的对话：

“爸爸，这么多星星，是不是我们的祖先那时候也在看它们呢？”

“那当然，它们的寿命都是以亿年计算的。”

“您说我们的祖先都是干什么的？”

“我们不是大户人家，没有家谱，也就没有记载。”

“有没有带兵打仗的？”

“可能有。”

“有没有当官的？”

“可能有。”

“有没有坐过牢的？”

“可能有。”

“有没有当大官的？”

“可能有。”

“有没有做不好的事，被人家在背后指指点点的？”

“可能有。”

“这个不好，最好不要有。”

“是呀，我们虽然不知道我们的祖先是从哪里来的，曾经做过什么，但是，可以通过我们的努力，让我们的后人为我们感到骄傲。”

“爸爸，我要努力，成为您的骄傲。”

“儿子，我更要努力，让你为爸爸骄傲。”

我们的祖先里出过英雄还是不好的人，我们无法去考证。但是，我们可以做的是，不给我们的后人丢脸。每当我看到有的人在那里旁若无人吹嘘的时候，我就想，如果他的孩子在场，孩子会怎么想。当然，这还不算大事。倘若做了违法犯罪的事进了监狱，肯定会影响孩子的一生。

幸　福

随着年龄的增长，我对有些事情已经看得没有以前那么重了，觉得还是平平淡淡最好。写好自己的文字，做好自己的工作，有更多的时间和家人在一起，有一些谈得来的朋友，一生就满足了。

写到这里，想起了刚刚在《读者》杂志上看到的一篇短文，上天问人，你的愿望是什么，那个人大概说了我上面的话。上天扭头就走，上天说，这样的生活也是我所向往的。

调兵遣将

《新华字典》里的多数汉字人们都会用，但是，要组合得不一般，甚至光彩夺目，顿叫山河增色，却不是每个人都能做到的。优秀的作家都有这种本事，就好像优秀的音乐家对声音和节奏特别敏感一样。天分特别重要，没有天分，很多时候努力一辈子，也是徒劳，如我。一想起来就很沮丧，很沮丧。

上天把我降生到这个世界，最适合我做的是什么工作呢？要正确认识自己，很难，很难。

替古人担忧

看历史书，时不时替古人惋惜，为什么要这样走，而不那样走。这是我们跳出局外看，如果身处其中，可能比他们还要傻。我们正在书写明天的历史，只是我们的事情小，不会惊天动地，但是，也是个人的历史，吸取历史的教训，不要出昏招儿，坚实走好每一步。

“以史为鉴”是好话，很多时候，我们并没有认真地去总结历史，吸取教训。就说骄兵必败吧，说了几千年，还是有人在重蹈覆辙，大的，小的。不迁怒、不贰过，孔子那个时候就说，我们今天是不是真做到了？

他是一个人

作家严文井在《悼沈从文先生》一文的最后说：“他来了，又去了，一生曲曲折折、辛辛苦苦，但是不虚此行。他是一个人。”

小时候在家乡经常听到这句话的反话，长大了在电视剧里也会看到，一个人对另一个人气愤到了极点，会声嘶力竭地说，你不是人、他不是人。在骂者眼里，人是有标准的，不管这个标准是高是低。严文井说，沈从文是一个人，应该是一个大写的人，一个优秀的人。在严文井眼里，肯定也有小写的人，不能称之为人的人，他只是没有说出来而已。

我也经常想起小时候大人们常说的一句话——书都读到哪里去了？意思是说，读书人和不读书的人还是有区别的。生活中，一个人饱读诗书，但是，他的言行还没有不读书的人文明或者高尚，那他读书又有什么用呢？

放　　下

看一个内部刊物《禅》，其中有一篇文章《放下你的心》。文章说："对功名利禄放不下，出现了跑官、买官、贪官；对金钱富贵放不下，催生了贪污、受贿、盗窃；对爱情婚姻放不下，产生了痴男、怨女、殉情。""你只有放下一种执着，才能收获一种自在。"

该放下的是要放下，不该做的也不要去做，但是，全部放下就好吗？我看未必。还是古人说得好，恰到好处，过犹不及，不好全都放下，也不好全都放不下。

2019 年

后记

感谢陈彦玲女士和山西教育出版社，使我有机会把近年来的习作梳理一番，形成一本新集子。

文章有长有短，都源于内心；见识有高有下，皆发自肺腑。作家祁智先生曾说：“我喜欢卫卫的文字，波澜不惊地谦逊。我也喜欢卫卫，柔弱地坚定。”谦逊，是因为从内心里承认自己技不如人，也许此生也不能达到我心目中那些大家的十之一二。坚定，是即便如此，也要在文学的道路上走下去，我知道，很多关心我的老师们一直在看着我，他们希望我走得更远。

翻阅过去的文字，深深体会到“逝者如斯夫”。年轻时，总觉得自己年龄很大，现在回头看，当时真年轻。今天，感觉自己已不再年轻，但是，当真正老了的时候，再回头看，依然很年轻。

往事不可追，只有过好今天，才能不辜负未来。

读书和写作到底为了什么？从大处说，希望影响更多的人，让我们这个世界更美好。从小处说，守住自己的内心，始终保持一种平和的态度，做一个认真的人、踏实的人。

我希望自己能做到。

孙卫卫

2023年5月24日